飛躍青春系列

我不要再孤獨

車人 著
藍曉 圖

山邊出版社有限公司

「飛躍青春」系列

我不要再孤獨

作　　者：車人
繪　　圖：藍曉
策　　劃：甄艷慈
責任編輯：黃婉冰
美術設計：陳雅琳
出　　版：山邊出版社有限公司
香港英皇道499號北角工業大廈18樓
電話：（852）2138 7998
傳真：（852）2597 4003
網址：http://www.sunya.com.hk
電郵：marketing@sunya.com.hk
發　　行：香港聯合書刊物流有限公司
香港新界大埔汀麗路36號中華商務印刷大廈3字樓
電話：（852）2150 2100　傳真：（852）2407 3062
電郵：info@suplogistics.com.hk
印　　刷：中華商務彩色印刷有限公司
香港新界大埔汀麗路36號

二〇一六年六月初版
10 9 8 7 6 5 4 3 2 1

ISBN: 978-962-923-432-4

18/F, North Point Industrial Building, 499 King's Road, Hong Kong
Published and printed in Hong Kong

目錄

Contents

第一章　媽媽的告誡

小時候，媽媽常常帶着我來到街尾的中藥店排隊看病，媽媽晚上咳得很厲害，滿頭白髮的中醫師說她身體虛寒，需要慢慢調理，久而久之，我們便成了這老店子的常客。

印象中，這家古式古香的中藥店有一座跟天花一樣高的百子櫃，密密麻麻的抽屜裝載着各式各樣的藥材，深褐色的木櫃滲出濃郁的苦澀氣味，起初我覺得很難聞，可是後來我卻喜歡了這種奇怪的味道。

我最愛坐在放滿一樽樽名貴藥材的玻璃櫃檯前看着執藥店員工作，每當店員收到字體龍飛鳳舞的藥單，便會熟練地拉開身後百子櫃內不同位置的抽屜，靈巧地取出適合的分量倒到分戥上，再把藥材攤放在一張正方形的白雞皮紙上，然後像包裝禮物一樣整齊地包好。

若果執藥店員要拿取存放在高層抽屜的藥材時，他便會拉出百子櫃較下層的抽屜作為梯子，然後猶如猴子般攀爬到櫃頂取藥。

那時，我總是不明白執藥店員是如何記得每種藥材的位置。

我只知道在自己的腦袋內也有一個巨大的百子櫃，裏面的抽屜裝載着一段又一段回憶，有快樂的！傷心的！失望的！難過的！辛酸的……這些回憶，絕對不會比中藥店內的藥材數量少。

每個記憶抽屜也插着一把鑰匙，只要一不小心牽動了它，抽屜就會自然地打開，把裏面的回憶片段釋放出來。

我多麼想把屬於童年的抽屜永永遠遠的鎖上。

可是，原來有些事，發生了就只會留下不能磨滅的印記。

夜幕低垂，我又一不小心打開了那段如夢魘般的回憶……

我還記得很清楚，那是我最後一次代表就讀小學取得校際足球比賽冠軍的一天。

「砰！」黃昏時分，我回到家中，如常地把大門鎖上。

「媽媽，我回來了。」沾着滿身泥濘的我，縱然渾身疲倦，但絲毫沒有減低這刻的興奮，因為這天除了迎來人生第一個足球比賽冠軍外，更為學校、為球隊取得一個珍貴的榮耀——成為學界首席神射手！

我的努力總算沒有白費，而掛在我頸上的獎牌就是最好的證明，那當然要感謝教練安排的特訓，還有一班無私隊友的協助呢！

比賽完結後，我急不及待趕回家中，希望跟媽媽分享這個我期待已久的喜悅，相信媽媽必定為我自豪。

「媽媽，我終於成功了！我們的足球隊打敗了三連霸的宿敵聖彼德小學足球隊啊！媽媽……」我跑進廚房裏去，卻發現廚房裏空無一人，而灶頭上更完全沒有任何晚餐的食材，一切跟平日很不同。

興奮的感覺驟然消散，而隨着太陽漸漸下山，屋內的光線也開始暗淡起來。

這時，我聽見一把微弱的抽泣聲從裏頭傳出，引領我走過去。

不安的感覺閃進腦海，於是我放下手上簽滿了所有球員名字的足球，然後躡着腳走向房間。

屋子裏那沉重的氣氛令人窒息，我的心不其然怦怦地跳動。

「媽媽……」我輕輕走近睡房門前，內心充滿忐忑。

「嗚嗚……嗚……」哭聲越來越清楚。

「媽媽……」我伸手推開半掩着的門。

房間裏亮着一盞暗淡的壁燈，我卻清楚看到媽媽的雙眼哭得浮腫起來。

「發生了什麼事？」我怯怯地問，「爸爸呢？他還未回來嗎？」

「你爸爸已經瘋掉了！他的心裏已經沒有這個家，他就只顧着幫朋友，忘掉了我們！」坐在牀上的媽媽身體在抖顫，下陷的眼窩紅紅的，臉頰上滑落的淚痕仍未乾涸，「為什麼他這麼愚蠢，被朋友欺騙金錢，嗚嗚……」

雖然我滿肚疑問，很想向媽媽問個究竟，到底爸爸做了什麼傻事？但我就是不敢開口，我怕被責罵，更怕我的說話會令媽媽變得更激動。

我一直呆站在房門外，而媽媽則坐在牀上不斷嗚咽。

我希望分散媽媽的注意，猜想假如告訴她剛才比賽的事情，或許會令她暫時忘記生爸爸的氣。於是，我抖着聲線說道：「媽媽，今天的比賽我們勝出了，全靠有一班好隊友的互相幫助……」

我把掛在頸上的獎牌除下來，走近媽媽身邊，在微弱的牀頭燈光下把獎牌遞給媽媽。

誰料，平日溫婉的媽媽竟一手把獎牌掃在地上，然後放聲說：「什麼朋友？朋友都沒個好人，只會騙你的！」

我從未看過這個樣子的媽媽，她的反應把我嚇得噤聲，我心裏猛地一震，那一刻我真的很害怕。

「朗……你答應媽媽，不要……不要隨便相信別人的說話，朋友也會欺騙你的，你知道嗎？」媽媽連說話的聲音也變了調，每一個字都夾雜着嗚咽聲，我深深感受到媽媽的傷痛。

我對着眼睛鼻子也紅得像塗了一層紅色的透薄的水彩的媽媽不斷點頭，我的心很酸，很難受。雖然我不知道爸爸做了什麼錯事，但令到媽媽這麼傷心，這本身就是最大的過失。

而過了幾天後，外婆突然來到我家探望我們，我才知悉真相。我從媽媽與外婆的對話中，得知原來爸爸把辛苦儲起來的積蓄，那僅餘下來維持家庭運作的錢，借給了朋友應急。

爸爸是位的士司機，每天工作十二小時接載乘客，扣除每月租車的費用，收入並不太穩定。

然而湊巧在數日後，爸爸在工作時發生了交通意外，人倒是沒有大礙，但車子就嚴重損壞，要把的士運到車廠進行兩個月的大維修，保險賠償的金額遠不及昂貴的維修費用。

由於的士是租來的，所以即使車子壞了，爸爸同樣要付每月的車租，但沒有收入如果支付車租呢？

外婆說爸爸很傻，太容易相信朋友，令自己的家庭生計陷入困境。

於是，外婆把收在牀下底那些用鐵罐子藏起來的私己錢通通拿出來，幫助我們。

外婆告訴我，最令媽媽感到委屈的是從前當她還是獨身時，自己賺的一份工錢足以花得闊綽和豪爽，家人鄰里都大讚她能幹。可是嫁給爸爸以後，收入就變得不穩定，導致她那股氣勢與自信一下子被瓦解，過往努力建立的形象也被摧毀了。

我從未看過媽媽如此難過，掛在臉上的笑容一下子消失得無影無蹤，她的雙眼再也沒有神采，我猜她一定是常常躲在一角哭泣。

自此，我感到家裏彷彿蓋上了一層陰霾，我總是覺得一切都是因為爸爸的錯。

漸漸地，我討厭我的爸爸，討厭他的軟弱，討厭他令媽媽痛苦，討厭他破壞了原本很美好的家。

爸爸曾經說過朋友應該互相扶持，但為何他的朋友要欺騙他？我不會再相信朋友了，是朋友連累爸爸的，是朋友連累我們的。

往後的日子，爸爸都早出晚歸，他根本不知道我在惱他，他實在很愚蠢，我再不喜歡看到他。

那年，我大概只有十歲。

「朗……你要保護自己，不要隨便相信別人，就算是最好的朋友也不可輕信啊！」從此，我把媽媽的告誡放在心頭。

「嗯。我答應你！」我對自己說，我已經長大了，我要肩負保護媽媽的責任，我不會被任何人再欺負我們。

以後，我藍一朗，就再不需要朋友。

直至中二那年以前，我身邊都再沒有一個朋友。而我，亦放棄了心愛的足球運動，因為羣體並不適合屬於孤獨的我。

漸漸地，我成為了同學眼中的獨行俠。

第二章　獨行俠

我藍一朗最討厭上體育課，並不是因為我的體能有問題，而是每一次分組，我都是被遺下的一個，往往需要老師替我特別調配。

全班共有三十七人，無論老師要求兩人一組、三人一組或是四人一組，我都是唯一一個沒有拍擋的人，除非當天有同學缺席，否則沒有誰會打破這個定律。

今次我被老師安排加入小芳和麗兒這一組，練習傳球射門，她們口中沒有說什麼，但從她們的神情就猜到她們對這安排感到不滿，只是不敢反對罷了。

女生都是超級麻煩。

自升上了中學，不知不覺就已經兩年，同學們都已經各自組成不同的「小圈子」，擁有自己的「密友羣組」，但是我就從沒有想過加入任何一組。他們像連體怪嬰的一起吃飯一起逛街，放學一起去打球，假日一起去打遊戲機，實在太不可思議了。

我總是跟大家保持着一段遙遠的距離。

我羨慕他們嗎？

不，我樂得自由自在，不用遷就這個、討好那個。

我從來都是獨行俠。

自問我的成績一向不俗，雖然不是考第一名，我也算是班中名列前茅的學生，名次一直徘徊在全級前十名。我覺得讀書不太難，只要上課前備課，課後溫習多一兩遍就絕不會在考試「肥佬」了。

我很同情常常不合格要被罰留堂的同學，究竟是我太聰明，還是他們太愚笨呢？

無論如何，我和班中同學之間就像出現了一道互相排斥的力牆，大家總無法走近。

算吧，沒關係，其實，我從來不需要朋友。

蔚藍的天空沒有半朵雲，也沒有風，午後的陽光斜照令操場上泛起一遍悶熱，而我的心卻是冷冰冰的。我沒有理會小芳和麗兒，只是懶洋洋地卧在操場邊那楊樹下的陰涼位置發呆。

楊樹在我那泛黃的運動服上投下斑駁的光影，我定眼望着托在腳踝上的足球，思憶回到兩年前剛升上中一的一天……

還記得那是放學時分，天氣也是同樣地悶熱，我經過學校的球場，看到一班高年級的學生正在踢足球。

球場上分為紅衣和藍衣兩隊，而兩隊的實力勢均力敵，互不相讓，雙方的前鋒非常敏捷，後衞亦很謹慎，比賽精彩絕倫，我不禁被他們的球技吸引着，於是放下書包坐在場邊觀戰。

紅衣隊的前鋒是一個矮個子，他一閃身扭過對方搶到了球，卻被藍衣隊的隊員緊緊包圍。這時矮個子來了個聲東擊西，把球短傳給了後方的黑炭頭。

當藍衣隊把注意力轉移到黑炭頭身上時，黑炭頭又把球回傳給了矮個子，二人來了個調虎離山之計，矮個子衝向對方的龍門勁射，球如離弦之箭，可惜對方的後衛飛撲過來，以頭拯救出，紅衣隊失了個難得的好機會。

藍衣隊乘勝追擊，趁着對方未有回防便大腳一踢把球傳到中場，來一個快攻。

「快回防吧！對方正全力出擊！」我暗叫不妙，發覺敵方準備乘勝追擊。

「哎呀！」紅衣隊在攔截時一不小心誤信對方的假身被扭過，守門員未有防備，被對方抽射，失了一球。

當時我在想，我也很久沒有在球場上踢球了，如果能夠在球場上出一身熱汗，那是多麼暢快！

突然，紅衣隊的黑炭頭把球踢到坐在場邊的我的腳下。

「喂，我們這隊還欠一個人，你也一起來踢吧！」黑炭頭向着我說。

我雙手拿起腳底的足球，開心了半秒，深信假如我落場作後衛的話，必定能令他們反敗為勝。

可是，耳伴隨即閃出媽媽的一番說話：「千萬別學你爸爸一樣，不要相信任何人，朋友只會負累你的！」

我一怔，然後放手把球掉下，用力踢到後方。

「喂！你為什麼要把球踢走？」黑炭頭衝向我，憤怒地問。

「我不會跟你們踢球的！」我毫不客氣地說。

「要不是我們缺人，也不會叫你來踢，你不踢就不踢，幹嗎要把球踢走！」黑炭頭怒氣沖沖撲過來。

那個矮個子立刻把黑炭頭拉着，說：「算吧，別理他，他是怪人！」

「哼！我會記住你的！」沉不住氣的黑炭頭瞄了我一眼，然後跑到後方把球拾回來。

我才不稀罕跟他們踢球，我自己一人享受清靜，喜歡做什麼就做什麼，不用理會別人的感受。

自始，我就習慣了獨個兒在學校，無論是上學、小息、午飯或是放學也都一個人，完全不覺得有什麼不妥當。

同學們總會自覺地跟我保持特定的距離，不會越過我們之間由我築起的那一條黃線。

體育老師的哨子聲把我從思憶裏喚回來，面前的足球傳來傳去，同學們都很認真練習，每次入球也興奮大叫，操場上的歡呼聲此起後落，可是，我一點也不雀躍。

在我的眼中，學校是一個讓我學習的地方，同學亦只是一些互相競爭的對手，大家並不需要建立感情。

下課鈴聲響起，同學們嘻嘻哈哈的離開更衣室，沒有人跟我道別，根本沒有人理會我，同班的同學一下子都變成了陌路人。

不知道為什麼，除了運動後汗水的味道外，我突然覺得自己的身上混雜着一種孤獨的味道。

落日的餘輝把天空染得一片泛紅，我跟平日一樣，隻身離開了學校。

我鬆開衣領的鈕扣，放緩步伐，向着沒有盡頭的石路走去。

走着走着，我看到路邊躺着一隻奄奄一息的蝴蝶，鮮黃色的蝴蝶只有一枚硬幣般大，前翅上長有一對黑藍色的大圓點，像眼睛，彷彿哀哀地望着我一樣。

我連忙撿起牠放在掌心，蝴蝶的翅膀還是顫動着的，可是其中一塊已經破損，再也飛不起。

「這麼漂亮，真可惜。」我想牠也是活不成的了，於是，我把牠放到花叢旁邊。

我回頭看着這垂死的蝴蝶，不禁心想：「我會像這蝴蝶一樣，被遺棄在一旁，永遠孤獨下去嗎？」

我搖搖頭，堅定地對自己說：「我才不怕孤獨，朋友只會成為我的負累，我永遠不需要朋友！」

第三章　動物醫生特工隊

如果在學校舉辦一個惡霸選舉，大牛必定「實至名歸」，他連同三個愛捉弄別人的同學組成了「愛生事四人組」，專門欺凌弱小的同學，早上抄他們的功課，中午搶去他們的零食，大家都對這班人避之則吉。

大牛人如其名，身形像牛一樣健碩，他長得又高又大，虎背熊腰的，眼睛卻很細小。由於他經常在班中搗蛋，所以被安排坐在前排的位置，而我，就坐在他的後面一排，視線總被他巨大的身形遮擋了一半。

直覺告訴我大牛從來沒有擦牙的習慣，當他一張開口說話就會散發出難聞的氣味，但是，從來沒有人敢向他投訴。

今天轉堂的時候，大牛轉身不懷好意地對我說：「喂，高材生，聽說你的英文科成績很了得，是嗎？」

我白了他一眼，沒有回應他的挑釁，難道他把我當成他欺凌的對象？

「喂，把你的英文家課拿出來給我看看！」大牛粗聲粗氣地說。

我把桌子拉後兩寸，用手在鼻子前搧了搧，並沒有理會他。

「喂，我跟你說話，你吃了啞巴藥嗎？」他伸出肥大的手指，指着我的鼻子。

「哼！」我撥開他的手，單是看到他一張惹人討厭的臉頰就感到煩厭，我雖不及大牛孔武有力，卻有一副打不死的正義感，我對他們的惡行一向看不過眼，我絕對不會屈服的。

「臭小子，你別這麼神氣！要不是你的英文成績好，我也不會跟你要來看！」

大牛纏着我不放，從口袋拿出一條橡皮筋來，拉長射向我的鼻尖。

「哎呀！」我掩着鼻非常氣憤，於是我毫不客氣，一手拿起面前厚厚的課本打向他的頭：「走開！你這頭肥牛！快滾回你的農場去吃草吧！」

「嘻嘻，原來你懂得說話的嗎？呀！我一直還以為你只會自言自語，你這種孤僻的怪人！」大牛避開我的課本讓我撲空，吃吃笑了，他見我不肯屈服，故意說：

「我才不稀罕看你的家課，最好你上廁所時也把家課帶在身上啊！」

此時，我才發現附近的同學都在偷笑，他們都喜歡看熱鬧，就像在看電影一樣，但是他們都沒打算支援我，更不會關心我的感受。

我環顧四周，大家立即逃避我的目光。

我到底期待着什麼？難道課室內有同學會為我這種孤僻的怪人站出來發聲嗎？

一陣酸溜溜的感覺從心而生，我感到不是味兒。

「鈴……」此刻響起的課堂鈴聲顯得格外刺耳，呂老師走進課室來，她雙手捧着一疊厚厚的單張，然後請班長派發給同學。

「動物醫生特工隊？」坐在第一行的同學接過單張，好奇地說。

「什麼來的？快傳過來！」後面的同學催促着說。

「我從來也沒有聽過啊！」單張陸續分派到同學手中，大家也爭相發問。

「動物醫生特工隊……好像很有趣呢！」

「動物也叫醫生，我說很奇怪吧！」

同學們七嘴八舌的，課室內一時間嘈吵得就如街市一般。

「大家靜一靜！」呂老師走到課室中央，她挺起胸膛壓低嗓門，大家立即靜下來。

「各位同學，今天我想向大家介紹這項很有意義的活動，就是動物醫生特工隊！」呂老師提起色彩鮮艷的單張說：「這個活動透過推行動物輔助治療，為有需要人士帶來心理的健康療效；同時教育市民，彰顯動物為人類帶來的貢獻，宣揚愛護動物，尊重生命的信息。」

「動物也可以醫治人類嗎？」坐在最前排的張日言不解地問。

呂老師點點頭，笑說：「對啊！動物醫生來自不同界別，以狗隻、貓隻為主，動物治療在外國已流行多時，舉例說，一些病患者或老人家因為行動不便未能如正常人般生活而感到寂寞，他們都會意志消沉、悶悶不樂。但是，透過與小動物相處，可以暫時忘卻痛苦、舒緩緊張的情緒，而且動物真摯的關懷，能令病人感到溫暖，並逐漸回復自信，活得更積極樂觀。」

「哦！真的有這麼神奇的嗎？」一些女同學竊竊私語。

「對啊！每當我不開心的時候，只要帶小狗到狗公園跑步，陪着牠蹦蹦跳跳，我的精神也會再次振作起來！」梁子欣睜大眼睛，認真地說。

「的確，不少的醫學研究報告已經証實，動物的天真性情，能幫助病人舒減壓力呢！」呂老師頓了頓，問：「你們當中有幾多位同學在家裏有養寵物呢？」

班！只有寥寥幾位同學舉起手來，大家也想知他們養了什麼動物。

靜茵！詩意和瑤珊養了貓兒；嘉穎、子欣和婉琪養了小狗；卓盈養了金魚，而業鴻則養了小白兔。

「大牛，你養了什麼寵物呢？」呂老師見大牛雀躍地舉手，於是問。

「我養過很多寵物呢！有小雞、金魚、烏龜、葵鼠……」大牛拍拍胸口自豪地說。

「你在家裏養這麼多寵物？」呂老師好奇地問。

「不，是從前的事了，小雞長大後已經被煲成湯。我替金魚換水時不小手開了熱水，金魚都煮熟了。我替烏龜沖涼時把水喉開得太大，牠的脖子被扭斷了。而葵鼠嘛，有一次我餵牠時，牠在我的手指咬了一口，於是我一時情急把牠拋開，它便從窗口掉出街了！」大牛如數家珍的把往事一一仔細敍述出來，班裏的同學無一不嚇得臉色轉青。

「大牛！你……你太殘暴了！我早就聽聞你的惡行，看來我真的要好好了解一下你的個性！」呂老師也被他的説話嚇得花容失色。

「可是，我現在對待我的寵物很好啊！」大牛用指尖擦擦他那翹鼻子，哀求着説。

「你現在養什麼寵物呢？」女班長寧寧好奇地問。

「其實都不算寵物……只是跟我住在一起的小伙伴，我沒有嫌棄牠，任由牠在我的房間遊走，我從沒有打過牠呢！」大牛説。

「那，你的小伙伴是什麼來的？」坐在大牛前面的瑤珊問。

「一般人都不太喜歡這種動物，不過我卻不太抗拒。」大牛用手臂擦去快要掉下來的鼻涕，吞吞吐吐說。

「那麼牠是什麼來的？」子欣着急地問。

「牠只有一根手指般長，灰白色，有四隻腳，還有一條尾巴。」大牛提起食指，說。

「會飛的嗎？」翠華問。

「不。」

「會叫的嗎？」祖兒問。

「不。」

「會咬人的嗎？」梓穎問。

「不。應該不會吧。」

「大牛，你快揭曉答案吧！」詩意說。

「好吧！既然大家對我家的寵物這麼有興趣，我試試明天把牠帶回來吧！」

「別胡鬧了，大牛！」呂老師聽得橫眉豎目，說：「你說的寵物不是壁虎嗎？」

「呂老師真厲害，一猜就中！」大牛揚揚眉毛，掩着嘴巴笑了，「聽說要是壁虎的尾巴斷掉了可以重生的，今晚我要好好做個實驗！」

「嘩！好恐怖啊！」大牛再次成功引起全班的哄動。

「明天不用帶你的『寵物』回校，請你帶你的媽媽過來學校找我吧，我待會會致電給她的！」呂老師板着臉說。

「呂老師……不要啊！」大牛連忙用力揮着雙手，他的樣子非常難看。

「就這樣吧！快坐下來！」呂老師一向言出必行，大牛知道自己再哀求也沒有用，唯有「死死氣」地坐下來。

同學們都拍手歡迎呂老師這樣的處理，呂老師舒了一口氣後，繼續說：「動物跟人一樣擁有寶貴的生命，我們要好好愛惜每一顆生命。這次『動物醫生特工隊』活動是透過跟隨動物醫生到不同院舍探訪，讓同學可以學習如何服務社會，更能令大家透過與動物親身接觸和體驗，感受尊重生命的重要。」

呂老師再次舉起單張，向同學們介紹說：「今次我校與動物醫生團隊合作舉辦活動，一連三個星期天到老人院和療養院進行探訪，把愛心帶給長者和長期病患者，希望有興趣的同學能踴躍參與。」

「我很討厭貓呢！」

「我最怕狗的！」其中一位同學説罷，其他的同學也開始起哄。

「我不喜歡去老人院，味道怪怪的。」

「我也不想去療養院呢！我最怕那些消毒藥水的氣味。」

「我星期日要補習啊！還要做家課！」

「我也要學跳舞呢！」

「難得星期日不用上學，我才不想早起！」

同學們你一言、我一語，似乎大家對這次義工行動都不太感興趣。

「好了，大家靜一靜！」呂老師説：「同學請把單張收好，回家再考慮一下，有興趣參加的同學可以把單張上的報名表格填好，明天交給我作安排，現在正式上課，同學把書本翻到第四十五頁。」

第四章　男子漢

每當小息的時候，！操場上就像英雄會一樣，聚集了各門各派的羣組，佔據不同的山頭。

有些同學喜歡在大樹下分享零食，有些喜歡聊天，有些趁着短短的十數分鐘練習打球，有些女生會小聲講大聲笑地談論明星和是非，也有些男生會圍在一起踢毽子。

十五分鐘的小休，大家都想逃離課室，出來舒舒悶氣，而我，就只會看書。一個人的活動，最好就是看書。

這是一個陽光和煦的上午，我拿出最喜歡的歷史書，在操場的墨綠色的長椅子坐下。

籃球場上的幾個男生在練球，叫喊聲音此起彼落，其他學生散落在操場每個角落，高高興興地說笑談天，操場上熱鬧的歡笑聲音並沒有妨礙我看書的心情。

他們每一天聚在一起談論着一堆無聊的、不切實際的，甚至是天方夜談的話，到底有什麼好笑？我實在不明白。

「一朗，你不跟同學一起玩耍？」突然，耳邊傳來一把熟悉的聲音。

原來是今天負責當值的呂老師。

呂老師是一個外表非常嚴肅的老師，她的眼神特別淩厲，講課時的聲音也很響亮。她喜歡把短髮掛在耳後，突顯出臉上淡淡的雀斑。

「不，我想看書。」我回頭瞥了她一眼，說。

「是什麼書？很好看的嗎？」呂老師探頭看看我手中的書，好奇地問。

「是歷史書，頗有趣的。」我翻到封面頁，讓她看看書名。

「哦……那你為什麼不去圖書館看？」

「我喜歡在這裏看書，有點風，感覺更好。」我敷衍回答。

「哦，我剛才在一旁看到你四處張望啊！你想不想到那邊跟大家聊天？」呂老師坐在我旁邊，雙手交疊在膝上，試探地說，看來她有心打擾我。

「才沒有！我不喜歡跟他們聊天，完全沒有意義，實在無聊。」我沒好氣，於是低下頭繼續閱讀。

「啊！是這樣的嗎？」呂老師鍥而不捨地問，「那，你想跟我聊聊嗎？有沒有什麼功課不明白？」

「呂老師，我不想聊天，我只想一個人，靜靜地看完最後兩章。」我老實不客氣地回答。

「一朗，我每次見你總是獨來獨往，到底誰是你的好朋友？」好管閒事的呂老師並沒有放棄纏繞着我，她不停地追問着。

「我不需要朋友。」我把頭垂得更低，把書本翻到下一頁，我開始感到一陣煩厭。

「怎麼會不需要朋友？我們要過羣體生活的啊！」呂老師訝異地說。

我裝作沒有聽見，繼續認真地看書。

「是啊，關於剛才在課堂上提過的『動物醫生特工隊』義工活動……」

當呂老師打算打開一個話匣子，突然，一下尖叫聲傳來，我們立即望向不遠處的籃球架下。

我們看到一位女同學被籃球擲中，失足倒地，就連眼鏡也掉了下來。跌倒的正是我的同班同學樂兒。

我迅速地站起來，打算上前去把她扶起，但，當我正想走出一步，我卻站住了腳。

「你不去幫她嗎？」呂老師見我愣住了，問。

我猶豫了一秒，又坐回原位，當作沒事發生。我呆呆的坐着，彷彿一尊冷冰冰的石像一樣。

我們看着樂兒爬在地上笨拙地摸索她的眼鏡，看來她的近視非常嚴重。

「哈哈哈！她爬得真的像隻烏龜！只欠一條尾巴。」其中一位抱着籃球的球員指着樂兒放聲大笑。

「對啊！真笨拙！你的眼鏡在相反的方向啊！」另一位滿身大汗的球員蹲下來，看着樂兒亂爬。

於是樂兒無奈地轉身再度搜索，我看到她的額角呈現了一個被擲到的紅印。

「跟你說笑罷！你真蠢！嘩哈哈！」長着粗眉大眼的球員走到她跟前，撐着腰笑說。

幾個球員樂滋滋的圍着樂兒，像看戲一樣抱着肚子不斷大笑，樂兒急得哭了，雙手不斷在地上猛撥，一滴一滴淚水往下掉。

我握緊拳頭，很想走上前去教訓那幾個人，他們怎麼可以欺負一個女同學？

「一朗，你不去扶一下樂兒嗎？」呂老師把一切看在眼底，故意地問。

「我……」我瞥見幾位女生正走向樂兒，準備與那班可惡的人對峙。

「她需要你的幫助啊！你是一個男子漢嗎？」呂老師質問我說。

我沒作聲，只管把手上的書合上，然後再次站起來，往另一個方向走去。

「我不會幫助任何人的。」我悄悄地說。

第五章　第一次當義工

星期日的早上，空氣非常清新，天空上飄着兩朵白雲，街道上的人流不多，大家的步伐不像平日般趕急，令人感到很寫意。

我也猜想不到，自己會來到參與這次的義工工作。

來到集合的地點，這裏大概有二十多人，一半是成年人，一半是跟我年紀相約的青年人，連同他們的寵物，大家看起來精神奕奕，非常興奮。

我上前走到拿着旗幟的義工前，點了名後他交給我一個象徵義工身分的臂章，我走到一旁掛上耳機，播着節奏強勁的音樂，獨自坐在欄杆上發呆。

我未曾參與過義工活動，我不知道自己能否應付，加上要跟動物作伴，令我不禁有一點緊張。

「各位同學大家好！歡迎大家來參與這次動物醫生特工隊，我是今次義工計劃的負責人王 Sir！」

我除下耳機走上前去。

「今次參與的學生共有十二人，來自四間不同的學校，而我們的動物醫生共有六隻，包括小狗！小貓和小兔子。」王 Sir 逐一介紹今天的寵物主角和他們的主人，學生們都很雀躍，一窩峰的上前撫摸這些動物醫生。

我掃視四周，都是陌生的臉孔，大家的臉上掛滿親切的笑容，令我有一點不自在。

「我先給大家分組，每組三人，由兩位同學加上一位動物醫生和牠的主人為一組，共分為六組。」王 Sir 說。

說實在，我對今次活動並沒有信心，我從來沒有養過寵物，我也不懂得與動物相處，不要說動物了，就連同學我也不太懂得相處。

若果不是好管閒事的呂老師「強逼」我來，我絕對不會參加這種活動。

「今次到來參與動物醫生特工隊的學生都是第一次跟隊出訪的，在此我先介紹一下特工隊的宗旨，再向大家安排工作。」王 Sir 請我們圍成一個大圓圈，說：「動物醫生特工隊成立了五年，致力推動動物治療計劃，透過每星期到不同機構的探訪活動，為病人及有需要人士帶來生理及心理療效，同時宣揚珍惜、尊重生命的信息。」

王 Sir！抑揚頓挫的聲線吸引了學員的注意，大家都很專心聽着他的講解。

這時，我再仔細看清楚參加義工的人，竟然被我發現了她！

「樂兒？」樂兒就坐在我的對面，她一貫的低下頭，閉緊嘴巴，長長的頭髮掩蓋了半張蒼白的臉。

她的出現令我立即想起上次在籃球架下，她被欺負那個情景，其實，當時我也想走上前去幫忙，可是不知怎地在呂老師面前，我就是不想扮一個好學生。

雖然我是獨行俠，可是也算是一個有正義感的獨行俠。

樂兒似乎也沒有看到我，可是內向的她怎麼會參加這次的義工活動呢？

我向着她揚揚手，可是她也沒望過來，她實在太自閉了！

樂兒是一個極度內向的女生，她做什麼事情也像貓咪一樣靜悄悄的，她說話時很溫柔，你要把耳朵靠近她的嘴巴才能聽清楚她的說話，她就連走路也彷彿沒有聲音。

身材瘦瘦削削的樂兒看上去弱不禁風，在她的眼角下顎骨上長了一顆小黑痣，跟一位台灣着名的歌手長得有三分相似。樂兒留着及肩長度的頭髮，臉上架着一副圓形的眼鏡，因為她總是把頭顱垂得低低，所以每隔幾分鐘她就要用手托起快要掉下來的眼鏡。

樂兒有一個很有趣的特點，就是她非常害羞，當她面對陌生人時臉蛋便會剎那間變紅，白裏透紅的皮膚十足雞蛋一樣，真的很有趣。

回想起來，樂兒跟我就讀同一間小學，然後升到同一間中學，一直也是同班同學。對於只有十五歲的我們來說，認識對方的時間已經超越人生的三分之二，除了家人外，樂兒就是我認識最久的人了。

不過，由於樂兒的過分沉默，我倆的對話每年都不會超過十句，大家彷如陌路人一樣。

當王 Sir 講解完工作後，他便開始分組，巧合地，樂兒和我竟被安排為同一組。

「咦，一朗？你怎麼會在這裏？」樂兒看到我，一時間顯得手足無措。

「這應該是我來問你的吧！你平日什麼活動也不參與，為何今次會這麼有興致加入義工活動？」我好奇地問，「難道你也是被呂老師『強逼』到來的嗎？」

「我……」樂兒欲言又止，舌頭彷彿打了結一樣。

「我……」樂兒就像吃了過量感冒藥一樣，總是呆呆的，此時，王 Sir 走過來說：「噢！原來你們是相識的嗎？那大家要好好合作呢！」

「那我們的動物醫生呢？」我問。

王 Sir 轉身左看看，右看看，說：「晴晴跟你們年紀相約，就由她和摺摺帶領你們吧！」

於是，他招手把對面的女孩子和她的小狗叫來。

王 Sir 向我們介紹：「晴晴是本會的資深義工，已經有三年的探訪經驗，摺摺是她的寵物，牠非常懂得討人喜歡呢！晴晴，你就當組長，帶領二人一起進行採訪吧！」

眼前的這位晴晴組長跟我長得一樣高，也許她比我大一、兩歲吧，她的皮膚白皙，跟那頭濃密烏黑的長髮成了對比，她笑起來時雙眼成了一新彎月，好不可愛。晴晴穿了一件碎花長袖恤衫，配着窄管牛仔褲，看上去充滿活力。

「你們互相認識一下，我去跟其他義工分組！」王 Sir 說罷便走開了。

「晴晴組長，我叫一朗。」不知為何，面前的晴晴竟然有種親和力，令我主動自我介紹。

「一朗你好，叫我晴晴好了！」晴晴溫文地點點頭，她看上去是一個平易近人的女孩。

「為什麼牠叫『摺摺』？」我望着她懷中的淺啡色的小狗，牠的皮像老人家一樣皺皺的，頭的比例很大，細小的耳朵往下垂，紫藍色的舌頭像中了毒一樣非常奇怪。

「你看不出來嗎？他全身的皮都是摺來摺去的！」晴晴一手抱起摺摺，輕吻牠那等邊三角形的耳朵。「『摺摺』是一隻沙皮狗，今年已經四歲了！」

「『摺摺』不怕陌生人的嗎？」我望着面前神情似乎憂鬱、凝重的小狗兒，問。

「不會怕啊！你別看牠一傻呼呼的臉孔，其實牠非常機靈活潑的！探訪時牠相當熱情的呢！」晴晴說罷，便把摺摺放在我的胸懷。「你試試抱抱牠吧！」

「哎呀！原來牠這麼重呢！」我雙手抱着摺摺，牠比我書包還要重一倍，我看到牠的頸上綁着一條寫上「狗醫生」的圍巾，於是問：「為什麼你會讓摺摺成為動物醫生呢？」

晴晴會心微笑，說：「幾年前我第一次參與探訪活動，當時摺摺還未成為狗醫生。我跟着其他義工來到一間兒童病院，我記得那些小孩年紀很小，大概只有五、六歲，他們看到一些狗醫生、貓醫生來探訪，寂寞的面龐頓變得興奮，主動爭着與牠們玩耍。」

晴晴說話時很溫柔，她的聲線把我懾住了。

「我看到他們病懨懨的臉一下子變得精神，我感覺非常神奇，這一幕情景深深地感動了我，成為了我繼續參加特工隊的原動力，更令我決心把自己的寵物訓練成動物醫生，希望能幫助更多有需要的人！」

站在我身前的晴晴好像在頭上長了個光環，她的笑容充滿着自信。那是一抹天使的笑容。

「那麼要怎樣才能當上動物醫生？」我望着傻呼呼的摺摺，好奇地問。

「要當動物醫生需要經過專業的評審考核，測試動物的生理、心理健康、性情及控制能力。而在六次探訪實習期間，動物及主人的表現亦需要達到標準，才能正式註冊成為動物醫生。」晴晴續道：「自從摺摺當上了狗醫生後，每次出勤牠都表現雀躍，我感覺到牠變得更加懂性。」

「那你們探訪時會做些什麼呢？」我搔着摺摺的下巴令牠感到非常舒服，看來牠已經接受了我。

「他們輪流抱着摺摺，跟牠聊天，撫摸牠。」晴晴笑了，說：「他們會問很多有趣的問題，例如『摺摺』的身上究竟有多少道摺痕，他們也會逐一數數摺摺身上的摺痕。動物成為了連接人與人互通的最佳橋樑，一個身體的接觸，一個熱情的搖尾，就能令原本寂寞的院舍一時間變得很熱鬧。」

「那麼有沒有令你難忘的經歷？」我問。

「有啊！我記得有一次，動物醫生特工隊在第二年重訪一間兒童病院，在熱鬧的人羣中，一位小弟弟強撐着拐杖，一步一步用力地走到我們的跟前，熱情地擁着『摺摺』，輕撫着牠，親暱地呼喚牠的名字，像是多年不見的老朋友一樣。」晴晴回憶着，嘴角不其然地往上掀：「原來他一直記掛着曾經到訪的摺摺。對我和摺摺來說，那只不過是舉手之勞的探訪活動，然而在小弟弟的心中，卻留下如此刻骨銘心的記憶片段。」

「這些動物醫生，全是落入凡間的天使呢。」一直不作聲的樂兒突然吐出一句話來，此時大家才發現她的存在。

「啊！你也來抱抱摺摺吧！」我把摺摺投向樂兒的懷中。

「嘩！好重啊！」樂兒雙手立即墜下來，差點把摺摺丟掉，她抱得非常吃力。

摺摺歪着頭轉身望着晴晴，投出求救的眼神。

「還是你來抱吧！」樂兒把摺摺遞過來，於是我再次抱着這隻看來很笨拙的沙皮狗。

樂兒伸出手來撫摸摺摺，「怎麼牠的毛這樣刺人？」

晴晴捉着樂兒的手，從摺摺的頭開始向後掃：「你試試從這邊摸過去。」

「咦！這樣摸感覺很不同，牠的毛立即變得猶如天鵝絨般柔軟！」

「對啊！沙皮的毛髮短而粗糙，順向撫摸感覺滑溜溜的，而逆向撫摸牠時就如摸砂紙一般刺手呢！」晴晴解釋説。

「很神奇啊！」樂兒與我不禁異口同聲地説。

「啊，對啊！是呢，你叫什麼名字？」晴晴問樂兒。

「樂兒。」樂兒的臉再次泛紅，她把頭再次垂低，輕聲地答。

「樂兒、一朗，歡迎你們加入我們這一組！」晴晴笑説。

第六章　探訪老人院

在王 Sir 的帶領下，晴晴、樂兒和我跟着大隊向着一間位於一棟舊樓房內的老人院走去。

晴晴把搰搰抱起，在牠的耳邊輕聲説：「搰搰你要努力呀！公公婆婆在等着你逗他們玩呢！」

我笑着問搰搰：「你準備好了沒有？」搰搰似是明白我的意思，伸出濕漉漉的舌頭起勁地把我的臉龐當作軟雪糕一樣舐。

「那麼你又準備好了嗎？」晴晴轉身問樂兒。

樂兒抬起頭，托起快要掉下來的眼鏡，微微地點了一下頭。

這裏的升降機面積比一般大廈的大，可裝載三十人，晴晴説這設計是為了方便一些行動不便需要倚靠輪椅代步的老人家。

在升降機緩慢的移動下，我感到一份莫明的緊張，向來獨來獨往的我一會兒要面對的，究竟會是怎樣的挑戰？

「叮！」

升降機的大門打開了，老人院的工作人員上前跟我們接洽後，我便跟隨着大家一路走進去，穿過冷清清的走廊來到寬敞的大廳。這裏給人的感覺就是沒有什麼生氣可言，吊扇唧唧地在天花上轉動，將寂寞的味道散播到整個空間，有一些老人家坐着打瞌睡，也有一些張開口發呆，他們靜靜的等待着什麼似的。

「各位義工朋友，今天的活動正式開始，請跟隨你們的小組組長行動！記住留意剛才跟大家提過的那些跟長者交談要注意的地方——態度、語氣、位置、話題等等。」王 Sir 他說完，大家便各自主動走到那些老人家跟他們聊天。

對於我這個從來都沒有跟老人家聊天的人來說……不，應該說，我從來也沒有主動跟任何人聊天，要踏出這一步真的不容易。跟我一樣不知所措的樂兒應該也有同感吧，我們一同望着組長晴晴，等待她的指引。

晴晴抱着摺摺，帶着我們走到一位坐在輪椅上的老婆婆跟前來。

老婆婆的一頭短髮像是罩上了一層白霜，飽歷風霜的臉上，刻滿了歲月留下的皺紋。

「婆婆你好，我們是動物義工隊，今天特地帶了『摺摺』來陪你聊天啊！」晴晴熟練地說。

我們坐在老婆婆旁邊開始跟她說話，無論我們問她什麼，她也沒有回應，只是微笑點頭。

「婆婆，你吃了飯沒有？」我問。

老婆婆微笑點頭。

「婆婆，你感到冷嗎？」我再問。

老婆婆微笑點頭。

「婆婆，你喜歡小狗嗎？」樂兒的聲音小得連我也差點聽不到，老婆婆又怎可能聽到？

「請問婆婆是不是聽不到我們的說話？」晴晴向一位剛巧經過的院舍職員查問。

「是啊！她叫嬌婆婆，她的耳朵壞了，聽不到聲音的，你們可以向她做一些簡單動作，她自然會明白。」職員說罷，便匆匆趕去幫忙另一位老人家。

於是晴晴蹲下來，把摺摺遞向嬌婆婆，問：「你要抱抱這隻皺皺的小狗嗎？」

嬌婆婆同樣地微笑點頭，她緩緩拿開放在膝上的的雙手，示意晴晴把摺摺放在她的大腿上。晴晴慢慢地把摺摺放在嬌婆婆的膝上，看到嬌婆婆沒有抗拒，反而雀躍地撫摸着摺摺的身體。

嬌婆婆側着頭輕撫着摺摺柔軟的毛，臉上流露出一份燦爛的笑容，那雙溫和的眼睛閃爍着慈祥的光芒。她看上去像個天真的小孩子。摺摺更是乖巧地配合着，牠微微地抖動着身體，想必也感到興奮，牠不時抬起頭望向各人，又靜靜地臥在嬌婆婆的懷中。

嬌婆婆指着摺摺那皺皺的皮，然後又向我們展示自己皺皺的雙手，彷彿在跟我們說笑，告訴大家自己跟摺摺一樣皺巴巴的。

然後，摺摺從嬌婆婆的懷中笨拙地跳到地上，追逐着自己短小的尾巴，牠臉上的橫肉左右晃動着，好不可愛。牠在晴晴的指令下，做出了一連串滑稽的動作，令大家捧腹大笑。嬌婆婆拍着掌露出燦爛的笑容，看來她特別興奮。

令我意料不到的是，這小小的活動竟然可以一下子使老人家這般開懷，一時間院舍內沉靜的氣氛被這些動物醫生喚醒，驅趕了老人們的睡意，令斗室頓時變得熱鬧。

我感到老人家的笑容和小孩子笑容很相似，孩子的笑容帶着不諳世事的天真燦爛，而老人家的笑容則是閱盡人事後的祥和燦爛。

我突然驚覺在我的臉上，原來也出現了久違了的笑容。

這時，院舍的職員走過來，說：「嬌婆婆今天很開心呢！平時沒太多人跟她聊天，我很少看到她笑得這麼開懷！」

樂兒把義工隊準備的小禮物送到嬌婆婆手中，雖然她不能用說話來回答我們，但是她卻熱情地跟我們逐一握手。嬌婆婆用昏花的眼睛從頭到腳的望着我們，眼神充滿感激。她望着望着，眼眶的淚水便隨着皺紋的坑道，一串一串地滑下來。

我很久都沒有接觸老人家的手了，一份熟識但又陌生的感覺隨即湧上我的心頭。我深深感受到一個輕輕的點頭、一個淺淺的微笑，耐心的陪伴比起一切重要，此刻一幅溫馨的畫面，已牢牢地烙印在我的腦海裏。

動物醫生就是一道打開老人家心靈的橋樑，牠們更為枯燥乏味的老人院帶來歡樂與笑聲。兩小時的探訪活動很快便完成了，我們這一組帶着摺摺探訪了三位性格不同的老人家，摺摺的本領真大，在短短的時間裏就能令大家笑逐顏開。

踏進老人院，令我真正接觸到這個社會上非常需要我去關心的一羣，雖然這些關心看來是這麼的微不足道，但對於住在這裏的老人家來說已經是一份非常好的禮物。

這一次的探訪，亦改變了我對動物的感覺，從前，我以為動物需要我們悉心照顧，原來，動物反過來亦懂得照顧我們的心靈。

回家路上，我覺得天空彷彿比早上更藍，樹木也更茂盛，我發覺能夠令到別人快樂，自己也同樣感到欣慰。幫別人一把，原來不需要特別的理由。

第七章　動物咖啡室

自從升上中學以後，我就已經習慣做一個「孤獨鬼」，獨來獨往的我從來不會把心事跟別人分享，亦沒有人願意把小秘密告訴我，我覺得沒有朋友也完全沒有問題。我曾答應過媽媽不會輕易相信朋友，然而，我根本不需要朋友，更遑論結交一些「死黨」。

可是，人生中有着太多的意外與巧合，或許，這就是很多女孩子口中所說的緣分。

我從沒有想過，一隻動物的出現竟然可以改變一切。

是牠令我的視野變得遼闊；是牠把陌生人再次拉進我的世界裏；是牠牽引着兩個認識很久卻又很陌生的同學再次走近；是牠令我再次感受到朋友之間相處微妙的感覺。

我指的是哪一隻動物？

不就是在「動物醫生特工隊」的摺摺麼！

摺摺看上去笨笨的，其實牠十分聰明！

在摺摺的穿針引線下，把晴晴、樂兒和我拉在一起，一連三個星期天，我們到過不同的老人院、療養院、童病院進行探訪活動。

起初我覺得一切是被逼的，不是自願的，所以感覺好不自在。但是慢慢地，當我看到那些老人家和病童快樂的笑容後，令我對自己的工作產出一份使命感。

而每次的活動過後，一班動物醫生特工隊義工都會圍起來作事後檢討，在這個過程中，大家除了分享活動的感受外，組長亦會提示組員應注意的地方，從而令每一位義工對自己的性格及能力，以及同組的組員更加了解。

而摺摺的主人晴晴更是個非常稱職的組長，她的經驗豐富，面對不同探訪對象也應付自如，每一次跟摺摺一起也能把歡樂帶給大家。

現在，摺摺也漸漸跟我和樂兒熟稔起來，牠開始服從我們的指令，例如以雙腳站起來走路、追着自己的尾巴原地轉圈，還有反轉身體躺在地上裝睡。

慢慢地，我喜歡跟摺摺在一起，還有牠的主人晴晴。

晴晴是個很細心的女孩，她很喜歡碎花圖案，每次見面，她的身上總配戴着一兩件碎花的衣飾。

晴晴比我年長一歲，性格開朗樂觀，在她的帶領下，把原來性格內向木訥的樂兒融化，令她每次聚頭時臉上總掛上靦腆的笑容。

而晴晴彷彿一早知道我是個「獨行俠」，每次在參加義工活動時，她都會刻意把我和樂兒拉在一起，要我們合力帶着「摺摺」去和那些院友玩耍，我當然知道她其實是製造更多機會給我倆了解對方，從而建立友誼。

雖然，我對「朋友」兩字仍然有點抗拒，但在這些日子的相處，我卻感覺很舒服，很自在。

樂兒平日說話不多，跟她相處時那份平靜的感覺令人沒有壓力，無論我說什麼，她也用心聆聽，偶然她都會表達自己的意見，我感到樂兒也開始打開心扉，接納跟陌生人溝通，說話時也不再總是垂下頭，多添了一份自信。

今天，在和暖的日照底下，我們又順利完成了一次帶「摺摺」到兒童病院探訪的任務，事後，我們來到一間位於七樓的動物咖啡室，一起喝着店主調製的特色飲料，一起說着今天做義工的種種趣事。

一般的咖啡室都不允許寵物進入，而這間店子就是特別招待狗隻和主人的地方，這裏格調幽雅，坐在鬆軟寬大的沙發上，伴着柔和的音樂，令人感覺寫意，是一個閒聚的好地方。

這是我第一次來到這種咖啡室，我翻開餐牌，飲料和食物的名稱都十分特別，我點了一杯叫做「雪橇犬傲遊冰地」的咖啡特飲。對於從未喝過咖啡的我來說，這是個新的嘗試。

咖啡的味道香醇濃郁卻又帶點苦澀，我覺得喝咖啡是一種成熟的象徵，而我正正需要這一份感覺。

自始，我便喜歡上咖啡的味道。

「樂兒，剛才你有沒有發現『摺摺』的動作比從前遲緩？」我一邊喝着冰凍薄荷味的咖啡特飲，一邊輕撫着伏在我腳下整天納悶的「摺摺」。

「對啊，摺摺看來沒精打采，為什麼會這樣呢？」樂兒放下手中的叉，蹙起眉頭問晴晴。

「原來你們也感到牠的不開心。」晴晴舒了一口氣，同情地望着摺摺。

「摺摺是否身體不適？需要看醫生嗎？」樂兒問。

「牠今早還是好端端的，但是探訪過後牠就悶悶不樂了！」我見摺摺一臉苦澀的，原本皺巴巴的眉頭更覺靠攏。

「在剛才探訪時，你們又有否發現不妥當的地方？」晴晴反問我們，試探着我們的觀察力。

我聳聳肩搖搖頭。

「剛才摺摺被一羣小孩圍着，爭相要抱牠……」樂兒托着下巴皺起眉頭，回想着較早前的情景，道：「是否他們過分嘈吵，嚇怕了摺摺？」

晴晴輕輕點頭，道：「嗯，其實這些年來摺摺也習慣了院友的熱情，不過，剛才孩子們把摺摺抱得太緊，令牠感到不舒適。」

「啊！你怎麼會知道呢？」我好奇地問。

「從摺摺的肢體動作就能洞悉牠的感受，如果牠的下巴是放鬆的，耳朵向前，表示牠享受你的擁抱，相反，如果牠的耳朵向後，四肢用力撐起，就代表牠對你的擁抱反感。」

「難怪你剛才突然說摺摺要上廁所，把牠帶離房間好一會兒呢！」我抓抓下巴，點頭說。

「對啊，我在外面安慰摺摺，希望先令牠的情緒平靜下來，然後再跟院友玩耍！」晴晴解釋說。

「哦，原來跟動物相處有這麼多學問。」樂兒感歎地道。

「是啊，其實狗兒懂得透過不同的方法表達自己的喜好，例如從牠們擺動尾巴的方法、發出聲音的高低、耳朵的位置等等。」

「嗯，我覺得狗兒比起人類還懂得表達自己的感受。」樂兒自言自語。

「有時候，人類會為保護自己而築起一道牆，可是，我相信透過溝通和關懷，可以打破人與人之間的隔膜。」

不知怎地，這句話正刺中我的痛處，像是盤冰冷的水潑在我的心上，令我心頭涼了一截。

我提起杯子，把一口特飲倒進喉頭，然後用勺子掐起透明的冰塊，放在嘴裏。

「狗兒是我們的好朋友，牠們跟人類一樣各有不同的性格，需要我們的關心和愛護，只要用心跟對方溝通，就能了解牠們的感受呢！」晴晴有意無意地把目光投向我，令我有點不自在，於是我別個臉望着窗外沉默無語。

「晴晴，我也想跟你一樣收養一隻寵物，成為我的好朋友，可是我住的屋苑不能養小動物。」樂兒説。

「不打緊，你可以隨時來探望摺摺的啊！而且你喜歡的話也可以多些參與義工活動，認識更多的新朋友。」晴晴鼓勵着樂兒。

「可是，我一見到陌生人，腦海就會變得空白……」樂兒皺着眉說。

「你可以找一朗陪你啊！」晴晴突然望過來，問我：「是嗎？」

「呀……我不喜歡交朋友。」我直截了當地回答。

我看見樂兒跟晴晴交換了一個疑惑的眼神，對話無法接下去，原本愉快的氣氛霎時凝住，大家也沉靜下來。

這一刻，我想起家裏種種不愉快的回憶，想起媽媽，想起她曾告誡我說過的事情，還有我曾答應她的承諾。我亦想起爸爸，這幾年，他每一天早出晚歸，來也匆匆，去也匆匆，我已記不起一家人多久沒有一起好好聊過天。

我已經不再討厭爸爸，但我仍然不喜歡他。

此刻我就是不想再想起他。

我把杯子放回桌上，可是一不留神，用力過度，杯子碰到玻璃桌面，發出巨大的響聲，把樂兒嚇得怪叫一聲。

這時，咖啡店的店主倩盈走過來，問：「沒事嗎？」

「沒事沒事。」我揮揮手，尷尬地說。

「飲品和蛋糕合口味嗎？」倩盈微笑問。

「倩盈，飲料和蛋糕都很好吃，你的廚藝看來又進步了！」晴晴讚賞地說。

「別見笑了！」倩盈姐姐放下手上那碟精緻的曲奇餅，她笑意盈盈地說：「這是剛出爐的薑橙曲奇，是我新研製的口味，你們試試吧！」

一陣香甜的味道從碟子傳出來。

「謝謝。」我隨手拿起一塊曲奇，曲奇又鬆又脆，味道清新，放入口中仍然微溫，滲出一份暖意。

原本呆呆的樂兒也回過神來，拿起一塊曲奇說：「倩盈姐姐，你的巧手真的很厲害，你做的東西都十分好吃呢！」

「一朗、樂兒，讓我告訴你們，倩盈曾經在米芝蓮星級餐廳實習，而且獲得多個廚藝獎項！」晴晴介紹說：「她在不同地方開設了各種的餐廳，有西餐廳、港式茶餐廳、甜品店，還有這間動物咖啡室。」

「嘩，倩盈姐姐你很厲害啊！」我猜想不到，原來站我面前的這位個子不高，穿着格子圍裙的女生，竟然大有來頭。

「對啊，她經常到她的餐店巡視，研製更豐富的美食給客人，我們這次遇到她也很幸運呢！」晴晴補充說。

「晴晴你太誇獎了，喜歡吃的話就多來啊！謝謝你們的意見呢！」倩盈笑說，她又蹲下來望着枱下的摺摺，問：「摺摺，你今天好嗎？」

摺摺垂下頭，眼睛流露出不快，牠緩緩地爬過來，用頭摩蹭着倩盈的腳，像是小孩子般撒嬌。

「摺摺今天很努力呢，牠把歡樂帶給很多小孩子，現在已經很累了！」晴晴搔着摺摺的頸項說。

「好吧！讓我來獎勵一下你！」倩盈轉身走到門前的櫃子前，她提起腳尖在最高的一層拿出一個小東西來，然後走回摺摺的跟前。

「這個甜圈圈送給你吧！」倩盈對摺摺說。

原來是一件外形像朱古力冬甩的小玩具，用來給狗兒咬的。

摺摺頓時回復精神，提起勁來咬着，發出吱吱的興奮叫聲，大家的心情也被牠所感染，臉上再展現出愉快的笑容。

離開咖啡室後，樂兒看看手錶說要回家溫習，而我就跟晴晴來到附近的狗公園，帶着摺摺散步。

晚霞把原本綠油油的草地映照得一片艷紅，我望望身邊的晴晴，她的臉龐也像塗了一層薄薄的胭脂。

不知為何，我的心底裏突然有種特別的感覺，彷彿重拾一種遺忘了的情感，很真實，很有意思，實在太奇妙了。

第八章　羽毛球對決

若不是認識了晴晴和樂兒，這個周末我想必又是獨個兒渡過。

晴晴昨晚來電，問我有沒有空跟她和樂兒一起打羽毛球。原來她在一個月前已預約了一個羽毛球場，可是她的朋友最近病倒了，所以未能跟她一起打球。晴晴不想浪費難得預約的場地，希望樂兒和我能有空跟她切磋球技。

反正我沒有事情要辦，對於晴晴的邀請，我也沒有拒絕的理由。

起初我還以為隨着一連三星期的義工探訪完結，我便沒有再見到晴晴的機會，怎料我們竟然能夠再次聚頭，確實令我有一點意外。

在這大半個月的時間裏，我驚覺在我們三人之間，彷彿產生了一點微妙的感情，只要看到她倆，我的心情也會感到很舒泰。

下午三時，我們三人來到新建成的室內運動場，進入五樓的羽毛球館，挑高寬大的立體空間、明亮的燈光，再加上舒適的空調，絕對提升了做運動的意欲。

場內劃分成八個羽毛球場，健兒有年青人、成年人也有小孩子，各隊都在認真練習，羽毛球在半空中飛來盪去，球鞋與地板磨擦而發出吱吱的聲音，加上狠勁的殺球聲，好不動聽。

開始了！我對自己的球技充滿信心。

「三比零，一朗，打球要專心一點啊！你已經連續三次把球打出界了，『吃蛋』很難看，你這樣分明是讓賽啊！」在場邊的樂兒舉起雙手，一邊充當評判，一邊說出令人洩氣的話。

我回過神來，對，不可以「吃蛋」的！雖說勝負在於我不太重要，但始終輸給女孩子不是太好吧！

這次換我來發球，我抖擻精神，把羽毛球向上一扔，用力一拍，羽毛球像一顆流星火速的飛到了網的另一邊。晴晴反應很快，立即把球擋了回來。我跑前兩步，輕巧地往上一接，羽毛球不偏不倚地掉落在網後的位置，原本站在後場的晴晴起勁跑向前撲救，可惜差一步接不到這狡猾的球。

「三比一。」樂兒喊道。

我再次發球，我輕輕把羽毛球向上一拋，向對面打過去，晴晴不慌不忙地把身子往後一仰，「啪」地一聲，把球送了回來，羽毛球在空中飛來盪去，雙方也不甘示弱。我趁機回傳了一個高吊球，沒想到晴晴竟然用閃電般的速度把球反扣回來，我撲了空，又失了一球。

「四比一。」樂兒得意洋洋地說。

「看來我要認真了！」我作狀用手臂抹去頭上的汗珠。

「那麼我也要認真了！」晴晴舉起球拍回敬我說。

我用勁一抽發了一個弧線球，羽毛球飛過了晴晴的頭頂，眼看羽毛球墜了下來，沒想到晴晴轉身來了個「海底撈月」再次把羽毛球打給了我。這是一個好機會，我急忙後退幾米，騰空躍起，把球往晴晴的另一方扣殺過去。

「出界！」樂兒喜滋滋地說，「五比一」。

往後的幾球我也直接失分，結果以十一比五慘敗，我不得不佩服晴晴的高超技術。

「一朗你怎麼了？是體力不繼嗎？」束起馬尾的晴晴向我遞來毛巾。

我接過後笑道：「是你的技術太好吧。」

晴晴露出燦爛的笑容，抹過汗水後，再次步入球場內，向着場邊的我倆叫道：「休息夠了，樂兒到你來接戰啦！」

「放心吧，我的羽毛球技術應該比一朗要好一點呢！」樂兒偷笑道。

「哼！虛張聲勢！」我不屑地望着樂兒。

跟樂兒、晴晴她們打球的時間過得特別快，兩個小時的互相對壘雖然各有勝負，不知怎樣，我就是很享受這種打球的時光。

這種久違了的歡愉感覺，是晴晴和樂兒帶給我的，但我不知道，這種感覺到底可以維持多久。

步出體育館，走在樂兒、晴晴她們身後，望着她倆傾談時天真樂觀的笑容，就好像把我平日鬱悶的心情都一掃而空，我想，這就是朋友間把快樂互相感染的魔力吧！

而當我經過體育館門外辦事處的一面鏡前，有兩三秒間，我也覺得自己身上散發出一種前所未見的朝氣。鏡子裏不自覺掛着輕鬆笑容的我，雖然感覺陌生，但我清楚這就是我，一個煥然一新的我。

「一朗，怎麼你望着鏡子發呆這麼久？原來你像女孩子一樣愛美！」樂兒回頭訕笑着我。

「你再不走，我可不等你了！」晴晴也偷笑道。

我搔搔頭，如夢初醒般跑上前來，隨便編個故事打圓場道：「我剛以為臉上有點污跡，所以待在鏡裏看清楚吧！」我轉個話題問她倆：「是呢！你們之後有什麼事做啊？」

晴晴一邊在背包拿出手機，一邊答道：「我打算去剪髮。」

「哦？你上星期不是已剪過一次頭髮嗎？」樂兒不解地道：「我看你額前的留

海還不太長啊！」

我點頭附和。

晴晴歎了口氣，說道：「我近日頭頭碰着黑啊！昨天回家時一個不慎踏着水窪，把新鞋子弄污了。而回家後替媽媽洗碗時又打破了碟子，你知嗎？我平日做家務很小心的，從未試過打破碟子的。」

晴晴皺着眉無奈地續道：「今早到達體育館前，我又錯過了一班巴士，連累我遲到了。你說我是不是很倒楣啊？」

樂兒不解地問：「這和剪髮有什麼關係啊？」

「我聽婆婆說過，如果人遇上厄運又或是終日遇上倒楣事，只要去剪髮，楣運就會隨頭髮一併剪掉，人就自然會遠離厄運，可以重新交上好運的了。」晴晴說時雙眼眼神認真堅定，不似在編謊話。

「別這麼迷信吧！」我忍不着揶揄晴晴。

晴晴白了我一眼，沒好氣地拿起手機撥出一個電話，我和樂兒對望了一眼，聳聳肩互相噤聲不語。

晴晴掛線後舒了口氣道：「還好，幸運之神還未完全離棄我。」

「哦？」樂兒不解。

晴晴把手機放回背包，笑道：「髮型師哥哥說今天客人不算多，他可以在半小時後替我剪髮呢！」語畢，晴晴急着快步離去，一邊跟我們揮手作別，一邊迎着離此不遠的小巴站跑去。

目送晴晴離去後，我問身邊的樂兒：「你呢？不如我們去書店好嗎？我知道那部茶餐廳系列的第三集《相聚一刻館》經已出版了！」

樂兒想了想，搖搖頭道：「我帶了課本，我想去圖書館溫習啊！」她頓了頓，剎有介事地問：「明天數學測驗，你溫習了沒有？」

聽着樂兒一問，我的心情冷了半截，原來我早把明天要測驗一事完全拋諸腦後，也多虧樂兒一提，我連忙道：「幸好有你提我！」

「怎麼我們的高材生一朗都這麼冒失呢？」樂兒竊竊笑道。

「今天記起也不算遲，我只要重覆溫習一兩遍，把題目再做一次就行了。」我自信地說。

「唉，如果我的成績像你一半就好了，你知嗎？我的數學成績每次也是徘徊在合格的邊緣。」

「除了讀書外，我也沒有其他嗜好……」我尷尬地搔搔頭，說道：「不如這樣吧，我們一起到圖書館溫習，要是你有不明白的地方就問我吧！」

「真的嗎？」樂兒露出不敢置信的神情：「你願意教我數學？」

「趁我還未改變主意。」我指着左邊的街口，道：「我們走這邊吧！我知道走那邊的公園小徑可以去到圖書館的。」

我一馬當先越過馬路，揮手示意樂兒跟上，說道：「快走吧，圖書館會在兩小時後便關門啊！」

樂兒見我一臉認真，於是便跟在我的身邊，一起迎着日落的餘暉雙雙向着圖書館邁進。

第九章　被虐待的貓咪

樂兒跟着我在一幢幢舊式樓房的窄街中橫穿直插，我們拐了一個又一個彎，來到一個荒廢了的公園。

從這小徑穿過就可以直接通往圖書館的側門，比去正門快十數分鐘，這是上個月我無意中發現的。

「樂兒，我們走這條小徑比走大路快很多啊！」我一邊走一邊撥開小徑裏長至及膝的長草。

但走在身後的樂兒似乎毫不享受，她帶點抱怨的語氣說道：「如果給我再選擇，我寧願走大路，遲一點才到達也沒所謂。」

我停下腳步一臉不解地回頭望着樂兒，只見她指着自己的雙腳，說：「這小徑滿布泥濘，把爸爸剛買給我的波鞋都弄污了，還有，這些長草裏長着不少蚊子，你看！」她伸出雙手，語氣似快要哭道：「我一雙手臂都給蚊叮得又癢又痛啦！」

「我還以為你不懂得說話，原來你責怪別人時可以如此口齒伶俐，像機關槍一樣連珠爆發！」我裝作從頭到腳的打量着樂兒，令她好不尷尬。

「我哪裏……」樂兒低下頭托起眼鏡，立即又回復昔日不善辭令的內向女生。

我二話不說便拉着樂兒的手一起跑，她的手掌比我想像中小得多，而且很柔軟。

「噠噠……噠噠……」

「喂……一朗，你做什麼？別跑這麼快啊！」被我拉着的樂兒喘着氣問。

我沒有停下腳步，只一股腦兒地跑，終於三數分鐘後，我拖着樂兒跑離長滿長草的小徑，到達公園內的避雨亭下。

樂兒甩開我的手，氣沖沖地問：「一朗，你究竟在搞什麼鬼！」

「我怕你成為蚊子的大餐嘛，你還要怪我？」我坐在避雨亭內的石櫈，從背包內拿出一盒紙包檸檬茶拋向樂兒，「給你的，喝過便不要再生氣啊！」

樂兒接過檸檬茶後，露出一副哭笑不得的樣子，她歎了口氣，道：「你總是我行我素，又自以為是，再這樣一定沒有女孩子會喜歡你的！」

我裝作不明白，笑問：「我才不怕，很多女孩子也會喜歡我。」

「才怪！」樂兒半掩嘴巴偷笑，「你真是自大狂！」

「呵呵，有一天，你也會喜歡上我吧！」我隨口亂説。

樂兒沒料到我這樣説，面色瞬間通紅起來，她尷尬得轉身不望着我，只顧笨手笨腳的打開手中的檸檬茶。

我生怕真的惹樂兒生氣，故連忙道：「喂，我説説笑罷了，別那麼認真啊。」

背向着我的樂兒沒有理睬我，我亦不知如何打破這尷尬的氣氛。雖然如此，我望着樂兒的背影，在黃昏的逆光映襯下，她好像一個熟悉的影子……

是媽媽，是記憶中小時候經常站在窗前，望着大街等待爸爸回家的媽媽。

這時，媽媽的告誡再次浮現在我的腦海，一陣內疚的感覺從心而生，除了內疚，還有擺脱不了的寂寞。

難道我真的不可以擁有朋友？

我不禁問自己，我應該怎樣做。

我望着樂兒在黃昏下剪影般的身影，渾然不覺樂兒早已回頭過來與我四目交投，「一朗，我們快走吧，天開始黑了！」

樂兒見我無動於衷，於是像扣門般敲打我的頭，痛楚，把我拉回現實。

「哎呀！很痛啊！」我按着頭，感覺很痛。

「誰叫你在發呆！」樂兒怪責我説。

就在這時，我發現不遠處的草叢傳出一些怪聲。

「咦，樂兒，你聽不聽到？」我指着傳來怪聲的草叢位置問樂兒。

「聽到啊！好像是痛苦的呻吟聲……」樂兒緊張得拉着我的手臂。

我示意樂兒跟在我的身後，輕聲道：「千萬要跟着我，不要走失，這裏晚上會有野狗出沒的。」

我循着聲音的源頭，小心奕奕地撥開長草，看看究竟是什麼一回事。

然而，當我們越接近目標，就發現草地上遺下點點鮮紅的水滴……不！不是水滴，這道氣味，還有這種顏色，應該是由傷口流出來的血液。

「一朗，我很害怕。」樂兒把我拉得更緊。

「殊——不用怕，有我在。」我安慰着樂兒，然後蹲下身子，慢慢撥開前方微顫動着的長草，我知道，聲音就在這堆長草之後傳出來。

「喵……」一聲虛弱的痛苦呻吟聲。

「呀——」夾雜着身後樂兒掩面的驚叫聲。

是一隻受傷的貓兒！

不，不是受傷，是受虐！一定是一宗人為的虐貓案件！

眼前那隻渾身傷痕的小花貓，竟被人用膠帶紮着四肢，更離譜的是，那惡作劇的人，竟然在小花貓頸上套上一個狀似狗帶的頸圈，然後把牠固定在草叢中一棵矮木之上，令花貓動彈不得。

我和樂兒都被眼前的情景嚇得目瞪口呆，但當我稍稍定下神來之際，我二話不說立即走前抱起這隻可憐的小花貓。

「一朗，牠的傷勢怎樣？」一直躲在我身後的樂兒，此時也壯起膽子上前協助解開纏在小花貓腳上的膠帶。

小花貓露出一臉驚惶，用盡力張大嘴巴，露出幾夥尖牙，可是牠已經疲憊不堪，軟癱的身體再無力反抗，雙眼半開半合，看來一定受了不少苦頭。

然而，當我嘗試解開套在小花貓頸上的頸圈，我看到小花貓的頸部位置的皮肉都磨損了，相信一定是早前瘋狂掙扎而弄成的。而小花貓的四肢都有被火灼傷的痕跡，露出了皮下的嫩肉，教我內心掀起一陣憤慨。

「究竟是誰這麼可惡對這隻小花貓下毒手？」生性愛哭的樂兒此時終於忍不住掉下同情的淚來。

「樂兒！」我大喝一聲。

「哇！」樂兒被我突如其來一叫嚇了一跳。

「來不及了！」我一手抱起身體微微發抖，氣息越來越微弱的小花貓，道：「我們要立即把牠送去『寵物保護中心』給獸醫治理，你快點打電話給協會的護士叫他們先作準備。」

「哦，知道！」樂兒顫聲問：「牠會康復嗎？」

「嗯，一定會沒事的！」我抱着小花貓急步跑出草叢，再沿着小徑離開公園。

隱約間，身後不遠處傳來此起彼落的野狗吠叫聲，我看着懷中小花貓背部的咬痕，再想起牠被綁在矮樹的可憐模樣，內心一悚，喃喃道：「莫非那個人把小花貓綁在那裏，就是要讓牠被野狗襲擊？實在太可惡了！」

潛伏已久的正義感從身體裏的每一條血管湧出來，就像火山爆發一樣，我暗暗起誓，一定要捉拿這個可惡的虐貓狂徒！

第十章　一朗來電

「喂，是晴晴嗎？」電話接通了，我急不及待地説。

「一朗？這麼晚致電過來，有什麼事嗎？」電話聽筒內傳來晴晴溫柔的聲音。

「不好意思，你是否已經睡着了？」我尷尬地問。

「還未，我在牀上看書而已。」晴晴回答。

「事情是這樣的，我們今天分別後，樂兒跟我在一個荒廢了的公園看到一隻被虐待的小花貓，於是我們把牠送去寵物保護中心。」

「什麼？被虐待的小花貓？怎會這樣的？」晴晴着緊地問。

於是，我把今天發生的事情向晴晴細細道來。

「太可惡了，竟然這麼殘忍對待小花貓！」晴晴氣憤地說。

「就是嘛，剛才寵物保護中心的醫生替小花貓檢查時，説牠的傷勢很嚴重，已經替牠打了止痛針和敷了藥，但不知道貓兒能否捱過去。」

「牠一定能活過來的！我們明天一起去探望小花貓好嗎？」晴晴問。

「嗯，好的，讓我明天在課堂跟樂兒說，放學後一起到寵物保護中心去吧！」

「就這樣吧！」晴晴說：「那你有否看到虐待小花貓的人？」

「沒有，當我們去到時只聽到小花貓微弱的嗚咽，和一些野狗在不遠處的吠叫，沒有半個人影。」

「為什麼總是有這麼多可惡的虐待狂，難道虐待小動物真的可以令他們感到快樂？」晴晴氣結地說。

「晴晴，你說有很多人虐待小動物嗎？」我吃驚地問。

「對啊！那些虐待狂的對象多是流浪狗和流浪貓，就像是早前新聞報導那宗屋邨虐貓事件，犯人用食物引誘流浪貓，再用不同的殘酷方法去傷害牠們，那些流浪貓被發現時，不是半身癱瘓就是奄奄一息，已經無法再救回，必須進行人道毀滅。」晴晴難過地說。

「豈有此理！竟然視動物的性命如草芥！」我意氣難平，問，「最後事件怎麼了？」

「當時事件成為一時熱話，愛護動物的人士紛紛羣起譴責施虐者，而有目擊者更將花貓垂死照片上載網上，呼籲網民協助緝拿兇徒，網民熱烈響應，提供有用的資料，最後警方成功拘捕兩名犯案的青少年。」

「那麼他們有被懲罰嗎？」我焦急地問。

「當然！那二人最後被裁定殘酷對待動物罪成，被判入獄十個月。」晴晴說。

「他們是罪有應得的！」我狠狠地說。

「但始終也彌補不了那些受虐動物的傷害。」晴晴惋惜地道，「而且還有很多虐畜的案件仍未破案。」

「所以我們絕不能饒恕這些人！」

「對，我贊成啊！」晴晴說罷，不自覺打了個呵欠。

「哦，原來已經很晚了，我不阻你休息，我們明天再談吧！」我瞥眼望向客廳的時鐘說。

「嗯，好吧。」晴晴準備掛線時，突然問：「是呢，聽樂兒說你們明天有測驗，你們溫習好了嗎？」

「呵呵，剛才我一直留在寵物保護中心等待檢查的結果，一回到家中便致電給你，所以還未開始溫習。而我早就叫了樂兒先回家，我想她已經睡了。」我回答。

「那麼你能應付明天的測驗嗎？」晴晴擔心地問。

「不用擔心，樂兒沒跟你說我是高材生嗎？現在才是十二點，我洗澡後再溫習半小時就一定可以合格的！」我自滿地說。

「少裝帥！快去洗澡吧！」晴晴笑了。

「好吧，晚安！」

「晚安！」

放下聽筒後，我沒有趕去洗澡，反正沒有心情溫習。我開啟電腦，查看剛才晴晴說的那宗虐貓新聞，搜尋之下才發現原來近年有關虐待動物的案件多不勝數，而殘酷的手法層出不窮，實在令人慘不忍睹。

我越看越氣憤，那些虐待狂為何會這般殘忍對待弱生命？

原來虐待動物分為直接傷害和間接傷害。直接傷害是指直接令動物的身體受傷、痛苦、驚恐；而間接傷害指疏忽照顧，沒有提供足夠食物及飲用清水、清潔環境、足夠空間、遮蓋環境，還有不醫治受傷或生病的動物。

而一些人在不知情下亦會間接傷害動物，例如人們在一些農地和草地把殺草水灑在草地上清除雜草，若果那些經過的動物不小心舔到這些殺草藥便會中毒，嚴重的更會死亡。

「每條生命都是寶貴的，為何要剝奪其他生命的生存權利？」我不禁問。

看到受虐動物的照片，我的眼角忍不住泛起點點的淚光，我不可以再讓無辜的小生命再受傷害。

這時，外面發出一點聲響，我望望電腦屏幕下方顯示的時間，原來已是凌晨二時。

「一定是爸爸下班回來了。」我自言自語，幻想着一臉疲態的爸爸。

這幾年，爸爸都忙得不可開交，每次見到他都感覺更加憔悴，一家人聚在一起的時間也越來越少，我已不記得上次跟他閒聊是在什麼日子了，他更加不會知道我在學校發生的事情。

我明白爸爸辛勞工作是為了彌補從前的過錯，也只有這樣做，才能減少媽媽對他的埋怨。

有時候，我多麼想一切可以重新開始，回到當年那個只有快樂笑聲的家庭。

但是，單憑我微弱的力量，又可以做些什麼？

隔着一扇門，隱約地，我聽到他壓低聲音咳嗽了好幾次。

雖然我有點想走出客廳，但是，我實在沒有什麼話想跟他說。

原來冷漠的感覺早已烙印在家中每一個人的心房，消耗着我們的靈魂。

我關上電腦，跳上牀，現在我只想好好的一覺睡去。

第十一章　人道毀滅

我沒法肯定今天的測驗會否合格，也許這是我升上中學以來第一次「肥佬」的科目，但是我不會後悔。

下課的鈴聲響起來，我跟樂兒率先離開課室，同學們都以奇異的目光看着我們。我知道在他們腦袋內存在的問號，為何班中兩個最孤僻，而又風馬牛不相干的同學最近經常待在一起，更結伴放學去。

我不會解釋，也沒有必要解釋。

步出校門，外面的天氣有點悶焗，彷彿預告驟雨的來臨，空氣中蘊釀着一陣悲涼的味道，與我此刻的心情很配合。

樂兒和我乘車來到寵物保護中心，晴晴比我們早到，她身上那套藍白相間的校服很好看。

「一朗、樂兒！」晴晴向着我們揮手。

「你已經來了很久嗎？」我問。

「不，我才剛剛到！」晴晴手中拿着一個碎花圖案的書包。

「我們快進去吧！」樂兒一支箭般飛快地向前走，我和晴晴急步跟着她。

走進大樓，大家的心情都非常緊張，於是我走到辦事處查問。「我們昨天傍晚送了一隻受傷的小花貓到來，牠現在怎麼樣？」

「登記人叫什麼名字？」寵物保護中心的職員問。

「藍一朗。」我說。

「請等一等。」職員按着電腦上的鍵盤，再翻查桌面上的簿子。

「到底怎麼樣？」樂兒心急地問。

職員面色一沉，轉身往內堂走去。

晴晴、樂兒和我互相對望，心感不妙，但又不感胡亂猜測。

未幾，職員從裏頭走出來，手中拿着一件小東西。

「對不起，小花貓的傷勢太嚴重了，我們救不回牠。」職員把手中染有血跡的頸圈和繩子交到我手上。

「不會的！」樂兒掩着臉，眼淚一下子湧出來，旁邊的晴晴擁着她發抖的身體。

「我們送牠來時不是還有氣息的嗎？」我問。

職員搖搖頭，歎道：「貓兒送來時已傷及內臟，命不久矣，牠不斷咯血，而且手腳的皮膚也被燒入骨，即使復原後再也不能走動。」

「你們把牠人道毀滅嗎？」晴晴訝異地問。

「牠已無法存活，這是唯一的選擇。」職員無奈地答。

「怎麼可以？」我氣憤地說。

「我明白你們很難過，但這對貓兒來說是最好的做法。」職員續道：「關於這件虐貓的事件，我們希望你們能提供更多資料，協助我們跟進事件。」

「你們會進行調查，拘捕犯人嗎？」我追問着。

「由於我們發現貓兒身上的傷除了是被野狗咬噬造成外，還有被人用火燒過的傷痕；和用力毆打的痕跡，所以相信是刻意虐待的行為，我們會與執法部門緊密合作，協助捉拿虐待動物者。」

「那，虐待動物者會有什麼懲罰呢？」樂兒緊張地問。

「虐待動物是一件嚴重的罪行，任何人如主動做出虐待行為，或者其照顧的動物遭受『不必要的痛苦』都是違法的，而最高的判處是監禁三年。」職員把一本相關的小冊子拿出來，翻開中間那一頁，把條例宣讀給我們聽。

「那麼，寵物保護中心會調查事件還是交由警方處理呢？」晴晴問。

「我們會搜集更多的資料，再交給警方深入調查，如有需要的話，警方也可能會請目擊者回去協助破案的。」職員說。

「那麼我們豈不是要到警局去備案？若然給媽媽知道我要到警局，她一定很擔心的。」樂兒怯怯地說。

「不用擔心，沒事的，若要到警局的話，我們三人一起去吧，我們會陪在你身邊的。」我拍拍胸膛說，「我們一定要把那些人捉拿，否則就會有更多的流浪貓狗受傷害！」

「可是，我倒是不明白施虐者到底又抱着什麼心態，非要虐待小動物不可？」樂兒問。

「有些壞心腸的人就是發洩自己的不滿，或者要引起別人注意、引起社會輿論。」晴晴頓了一頓，說：「我們要做的除了是把兇手找出來，更重要的是讓人們明白每一條生命的可貴，知道虐待動物的行為是不對、是犯法的，防止虐畜的風氣助長。」

「但是，我們既沒有人證，又沒有物證，報案也是徒勞無功吧！」樂兒爭辯說。

「怎麼沒有？」我舉起手中的頸圈說：「這條狗帶不就是最有力的證物嗎？」

晴晴接過頸圈，懷疑地說：「這是一條狗頸圈，怎麼會套在花貓的身上？」

「這是兇手留下的，有了這線索，難道還不能把兇手繩之於法？」我充滿信心地說。樂兒雖然充滿疑竇，但也沒有反駁的餘地，於是三人在職員的安排下來到協會的會議室，把事件的始末詳細交代一遍。

第十二章　追查

到底是什麼原因促使那些殘暴的兇徒，這般淩虐那些無辜的小動物？生命是平等的，小動物的生命同樣寶貴，根本沒有人有權奪去其他生命。

在不知不覺間，被虐的小貓案件已發生了一個月，警方說案件仍然需要調查，暫時並未發現任何可疑的疑犯，而每次當我到寵物保護中心查詢，他們總叫我耐心等待，但日復一日，我們只有乾等的份兒。

我懷疑寵物保護中心和警方對小花貓案件壓根兒就沒有用心去追查。

「難道小花貓的生命就不重要嗎？為何施虐者可以逍遙法外？」我就是不明白。

「小花貓既沒有植入晶片，而套在牠身上的頸圈也沒有遺下其他動物的毛髮，調查人員的確難以追查，我們再耐心等待一下吧！」樂兒幽幽地說。

我不止一次跟樂兒訴說心中的不滿，可是樂兒的回應始終不能說服我。

近日，更有一種念頭在我腦海萌生，就是「親自去調查」、「親自把虐貓者繩之於法」。

於是，我開始密切留意網上大大小小關於小動物被虐待的新聞，竟然給我發現，近來這種欺凌弱小的惡行，似有在社區裏擴散的跡象。

而在昨晚更有一段虐畜的短片被上載到互聯網上，一隻年幼的流浪狗被幾個戴着口罩的人捧打得奄奄一息，這夥人既要虐待動物，滿足他們的欺凌弱小的獸性，更要拍下短片，讓其他人知道他們的惡行，挑戰道德和法律的底線。

「實在是太過分了！」我指着平板電腦內的短片憤怒地說。喝斥聲把身旁的樂兒嚇着，也引來動物咖啡室內其他客人的注目。

樂兒立即放下手中的紅豆冰，舉起食指示意我噤聲，但我還是氣憤難平：「與其依靠警察去調查，不如我們成立一個網上偵查羣組，發起網友一起做糾察隊去捉拿那些虐待狂！」

樂兒面露憂色，慌張地道：「成立糾察隊？這樣做太危險了吧！」

「哼！有什麼好怕！」我反問。

「萬一那些施虐者有暴力傾向，又或者……他手上有刀，」樂兒擔心我一意孤行，嘮嘮叨叨地在我耳邊勸阻：「我們只是初中學生，查案的事還是留給警方吧……媽媽經常說做人要量力而為啊，一朗，不如……」

「夠了！你總是說出讓人感洩氣的話！」我揮手示意樂兒住嘴，一時情急下脫口而出：「就是因為很多人像你一樣膽小，才會助紂為虐，對小動物被傷害視若無睹！假如城市裏每個人都願意出一分力，對罪案不袖手旁觀，那些想犯罪的人都不夠膽這麼大刺刺地去犯罪！」

「一朗……」我沒有留意到，一連機關槍般的說話，令身旁的樂兒眼圈紅了，而從來不善辭令的她，被我一輪搶白後，只感到滿肚冤屈，她皺着眉頭辯解說：「我……我不是這個意思，我只是……怕你受傷。」

「為了正義，有時冒一點危險也在所難免的！」我衝口而出道。

樂兒把視線從我身上移開，她撇撇嘴，一邊輕撫着她腳下伸着舌頭不哼一句的摺摺，一邊咬着唇地道：「我的爸爸媽媽一定不會批准我這樣做的。」

「原來你只是怕被責備！」我罷出一副不屑的表情，以怪責的口吻說。

樂兒一臉委屈，無奈地說：「我不是這個意思啊……」

「算吧，道不同不相為謀，你這麼怕事，你就留在這裏，我現在就跟摺摺去緝兇！」語畢，我提起杯子放到嘴去，打算把咖啡一飲而盡，怎料原來我早已喝完。

於是，我再沒有理會樂兒，獨自蹲下來替摺摺繫上狗繩，然後拿起背包轉身就走。

「一朗！你要去哪裏啊！」樂兒着急地叫喚，「晴晴一會兒便會回來！」

「你少管我！我跟摺摺出去一會兒便會回來！」我瞥了脹紅了臉的樂兒一眼，然後離開動物咖啡室。

原本晴晴今天約了樂兒和我商量推廣動物醫生的計劃，可是她來到咖啡店才記起要回校補課，於是請我倆暫時托管摺摺，在咖啡店等她回來。

我猜她不會介意我私自帶摺摺去「散步」吧！

下了樓，我仍然對樂兒的怕事感到怒氣難消，我望着摺摺，突然靈機一觸，然後牽着牠向着上次發現虐貓的地點出發。

我心想，摺摺好歹也是一隻沙皮狗，晴晴説過沙皮狗的血統是鬥狗的一種，雖然外表笨拙，卻擁有高度的警覺性，説不定摺摺來到案發現場能夠找到線索，可以協助破案。

正值中午時分，天空萬里無雲，我牽着摺摺穿過無遮無擋的小叢林，太陽直照在我們的頭頂，熱氣難擋，摺摺被曬得吐出舌頭散熱，我們好不容易才來到上次發現虐貓的地點。

「摺摺，你快到處嗅嗅，看看有沒有發現！追查疑兇就靠你了！」我向摺摺流露出鼓勵的神情，牠神氣揚揚地昂起頭回應我。

摺摺低下頭認真地搜索，牠起勁地抽動着鼻子，目光如炬不斷掃視四周。

摺摺一邊嗅着，一邊向前走，我跟着摺摺離開叢林，來到一個長滿長草的小山丘，摺摺越走越快，把我差點拉得馬仰人翻，我勉強執着套在摺摺頸項的狗繩急步追上。

「汪汪！汪汪！汪汪——」摺摺回頭望望我，似發現了線索般。

我提起腳尖，往遠方望過去，終於給我發現前面一個穿藍色運動風褸鴨舌帽的男人，他也是牽着一隻狗。一隻體型甚大的狼狗。

我腦海立時浮現一個念頭：「總結我多年拜讀過的偵探小說，很多罪犯都喜歡重臨曾經犯罪的案發現場，一來想知道有沒有人在偵查他的案件，另一方面也趁重臨舊地回味整個犯案過程……」

「莫非他就是虐貓的兇手？」我暗暗地說。

「汪汪——」乖巧的摺摺竟然向着他們吠叫，當中一定有嫌疑。於是，我牽着摺摺向着那男人跑過去，對方竟然突然加快腳步跑，瞬間把我們拋離。

「太可惡了。」我握緊拳頭，心有不甘地說。

當下我來不及細想，只管快步跟上前盯緊他們，完全沒有想過萬一被發現會有什麼危險。我領着摺摺跟在他們的身後，希望成功知悉他的住處，然後通知警察前來將他一網成擒。

怎料，疑犯竟然越走越快，未幾，他們的身影就在我眼前完全消失了。

我急得左顧右盼，心裏暗暗道：「一定還在附近，他沒理由可以憑空消失掉的！」

正當我打算拿出手機把這個消息通知晴晴時，身後響起一把低沉的聲音把我嚇得差點連手機也拿握不穩：「小子，你在找我嗎？」

我轉身拔足想跑之際，一個踉蹌身體不慎向前傾，快要跌倒地上，誰料，一隻寬大的手掌突然伸前扶了我一把，免我跌個焦頭爛額。

「救命呀！」我本能地推開他，我的反應令他愕然，於是他立即放開手。

「汪汪！」摺摺大聲地向着對方吠叫，對方身邊的狼狗也向我不懷好意地回敬了幾聲。

當我定下神來，望着面前這個戴着鴨舌帽的男人，心忖：「我應該怎麼辦？」

「你一直跟着我做什麼？」他把帽子拉高，露出一雙炯炯有神的大眼睛。

「我……我……」他見我結結巴巴，以為我被狼狗嚇怕了，故做了一個手勢示意狼狗安靜坐下。

嚇得六神無主的我，生怕眼前的疑犯得悉我跟蹤他的意圖後要殺人滅口，便趕緊拿着手機作狀致電報案，「你不要走過來，我叫警察來拘捕你！」

「拘捕我？」那男人失笑地問：「我犯了什麼事要拘捕我？」

「你就是那個虐貓犯！你身邊那隻狼狗就是幫兇！」我雖然害怕，但還是理直氣壯地喊出來。

「你以為我就是那個變態虐貓者？」那男人笑得抱着肚子彎下身，道：「告訴你，我跟你一樣也在追查誰是虐貓者，這隻狼狗就是隻退役警犬，牠叫『臭屁』，這陣子牠一直跟在我身邊幫我搜集證據。」

「什麼？」我以為自己聽錯，仍堅持道：「我不好騙的，我現在就報案。」

「你看，」他從褲袋中拿出一張工作證向我遞來，說道：「我叫 Billy，是一所流浪貓狗收養場的職員，而那收養場更是寵物保護中心和愛惜貓狗協會的聯繫機構，如果你不相信，可以致電給他們查證一下。」

我半信半疑下收起他的工作證，立即致電求證一番，果然，他沒有騙我，兩間機構都認識Billy，而且對他的貓狗場評價很好。

我稍稍鬆了一口氣，然後把工作證遞回給他，搔搔頭不好意思道：「對不起，誤會了你。我叫一朗，是動物醫生特工隊的義工。」

「啊，原來你是動物醫生的義工，其實我和你一樣，都希望儘快幫助警察逮捕到虐貓犯人，令這些流浪貓不用再受傷害。」他身邊的狼狗似感染到他的正義感，神氣地吠了數聲和應。

「可惜，唯一的線索也沒有了。」我望着身邊喘着氣的摺摺，垂頭喪氣地道。

「你剛才不是說要保護牠們的嗎？怎可以這麼快便灰心，」Billy哥哥續道：「跟我來吧，我帶你去一處地方，到時你就知道，你的堅持有多重要。」

我狐疑地問：「去哪裏啊？」

Billy哥哥拉着臭屁，笑道：「去探望那些可愛的流浪貓狗啊！」

第十三章　流浪貓狗收養場

於是，我把摺摺帶回動物咖啡室交給晴晴，匆匆交代事件後便跟着 Billy 哥哥和臭屁來到他的流浪貓狗收養場。在 Billy 哥哥駕車途中，他告訴了我很多有關流浪貓狗的資料，還有非法繁殖寵物的害處等，數十分鐘的車程令我有了另一番的啟發。

下了車，我們還要走十數分鐘的小路，這裏很偏僻，四周都長滿樹木，在路途中，我深深明白為什麼這頭狼狗叫做「臭屁」，我也明白無論如何，一定不可以走在「臭屁」的後面。

我們穿過叢林到達貓狗收養場，Billy 哥哥推開閘門，數十隻大大小小的狗隨即撲過來，把我團團圍着，吠叫聲此起彼落。

我從未經歷過這種場面，心裏一驚，手心不斷冒出汗水。

「安靜一些！」在Billy哥哥一聲令下，狗兒立即收起警覺的眼神冷靜下來，乖乖的坐着等待Billy哥哥的指示。

「他是我們的訪客，一朗，你們對待客人要有禮貌啊！」Billy哥哥拍拍我的肩膀，向狗兒介紹了我，狗兒放下戒心，還開始搖頭擺尾走近我來。

「這裏有很多狗啊！」我看着面前十數隻不同品種、大大小小的狗兒，驚歎地說。

「這只是冰山一角，裏頭還有很多不同品種的貓和狗呢！這個流浪貓狗場共收留了一百五十隻貓和狗，牠們被發現時，大部分都是受了傷和患了病。」Billy哥哥一邊解開臭屁的頸圈，一邊說，「牠們每一隻都有悲慘的過去，所以我希望能盡自己微薄的能力，愛惜牠們，令牠們感受到溫暖。」

「這個貓狗場已經有很長久歷史的嗎？」我問。

「差不多有六年了！這裏是我老爸一手籌備的。」Billy哥哥說，「大約在六年前，我和老爸還是住在市區內，但有一天我家樓下的寵物店發生了火災，老爸幫忙救火時發現很多貓狗都被嚴重虐待，而店主在失火後逃之夭夭，剩下十五隻受了傷的貓狗無人照顧，於是把牠們帶回家收養。由於地方不夠，我們一家便搬來郊區，希望貓狗有更多的自由空間。」

「為了這些貓狗，你們竟選擇搬來偏遠的地方？」我瞪大雙眼，不敢相信。

「嗯，當時還是中學生的我，每天要提早兩小時起牀乘坐交通工具回校，放學也要同樣花時間，確是很累人，而搬到這裏來，對於老爸的工作也不太方便，可是假如我們不照顧這些受傷的動物，牠們根本無法生存下去，」Billy 哥哥續道，「自我們搬到郊區後，發現這裏有很多流浪貓狗，牠們大多瘦骨嶙峋，經常在垃圾堆內撿食物吃，有些更患上皮膚病，甚至在垂死的邊緣，老爸不忍心，於是收留回來的流浪貓狗越來越多，最後甚至變賣了我們原本的住處，換上這塊比較大的空地，然後一磚一瓦的自己搭建這流浪貓狗的場地。」

「真不敢相信單憑一個人的力量可以建成這地方！」我環顧四周，這裏擁有基本的設備，空氣流通，光線充足，為貓狗提供良好的生活環境。

「的確，我覺得老爸很有愛心，很偉大，漸漸地我也被他感染了。」Billy 哥哥走進室內，狗兒都爭先恐後追隨着他，場面溫馨，我也緊緊跟在他身後，「其實除了爸爸外，也全靠一些善心人經濟上的支持和協助，否則這地方也不能成立，更遑論營運下去。」

聽過 Billy 哥哥這番話後，突然有種很震撼的感覺直接湧入我的內心，我從來也沒有想過要為任何人犧牲什麼，更莫説為這些流浪的小動物犧牲這麼多。一時間，我覺得自己很渺小。

「幸而現在每逢周末，都會有不少義工到來幫忙照顧這些動物，減輕我們的工作，而我們也積極替這些流浪貓狗物物色有愛心的主人，令他們真正得到一個屬於自己的家。」Billy 哥哥感慨地説。

打開室內貓狗場的圍欄，這裏跟我想像中有點分別，比起在寵物保護中心困在狹小籠裏的動物，住在這裏的貓狗的活動空間簡直是天淵之別。

這裏相當寬闊，貓狗可以隨處走動，灰白色的水泥地板很清潔，更沒有臭味。

場內以圍欄簡單的分隔了幾個區域，每隻動物都有專屬自己的領土，可以快樂地生活。

「Billy 哥哥，怎麼貓和狗也可以一起生活的嗎？狗兒不會追着小貓咬的嗎？」

我看着 Billy 哥哥身後的臭屁被兩隻小貓纏着玩耍，不禁吃了一驚。

「貓與狗在許多人既定印象中是無法和平共處的，但其實只要先了解狗兒以及貓兒的個性和習性，給時間讓牠們好好的相處，加上適當的讚賞和獎勵，貓和狗絕對可以成為很好的朋友。」Billy 哥哥抱起一隻純白色可愛的貓咪說。「住在這裏的貓狗都很懂性，把大家當作一家人一樣，偶然會互相捉弄追逐，但不會傷害對方的。」

我繼續向前走，看到兩隻細小的貓咪被困在籠裏，垂頭喪氣的。

「Billy 哥哥，這兩隻貓咪發生了什麼事？」我緊張地問。

「牠們是一對親生兄妹，剛出生還不足十天，」Billy 哥哥搖搖頭，感慨地說：「大約在一星期前，我經過垃圾站時看到一隻受了傷的貓正在躲在一角生產，當時牠的頭和背部都已淌着血，奄奄一息，貓兒見到我竟然沒有害怕，反而向着我輕晃牠的尾巴，像是呼喚着我一樣。我走向牠，牠用盡最後一口氣生下兩隻小貓，然後便離世了。」

小貓咪像泥巴一樣癱軟的卧在籠子裏，一雙猶如黑葡萄的眼珠哀哀地望過來。

我無言以對，看着眼前這兩隻瘦骨嶙峋的小貓咪，一出生便離開了母親，怪可憐的，我的心裏酸溜溜的，無法言喻。

「貓咪在懷中早已缺乏營養，體形比一般初生的貓咪更瘦弱，要很悉心的照顧才能成長起來。」Billy 哥哥伸手探入籠子裏，輕柔地撫摸着兩隻小貓咪，給牠們一點鼓勵。

我看到在其他的籠子裏還有一些受了傷、患了病的貓和狗，但在 Billy 哥哥的照顧下，我相信牠們一定會很快康復起來。

「咦！這不是……」我發現掛在牆上壁報版的一張泛黃了的照片，背景是這個流浪貓狗場，裏面的人雖然很細小，但是我不可能認錯。

「這個就是我的老爸，這裏的義工都叫他威叔的，這照片是這流浪貓狗場成立時拍的。」Billy 哥哥笑了，把照片從壁報版上取出來，遞給我看。

畢竟已有十多年歷史，照片顯得有點模糊。

「那……另外那一位是又誰呢？」我把照片拿近眼前，指着照片中 Billy 爸爸搭着的男人問。

「他是這個流浪貓狗場的恩人。」背後傳來一把沉厚而沙啞的聲音，然後場內的狗兒和貓兒都衝向他，牠們搖頭擺尾、爭先恐後的擁着他，場面溫馨。

「老爸！」Billy 轉身，一位大約五、六十歲的男人正走過來，他體形偏瘦，身穿一件褪了色的灰色工作服，他雖然兩鬢斑白，卻顯得精神抖擻。Billy 向他爸爸介紹了我：「這是一朗，他是動物醫生特工隊的義工，他有興趣來這裏幫忙照顧流浪貓狗，我正跟他介紹這裏的運作呢。」

「威叔你好。」望着眼前為一班流浪貓狗無私付出的威叔，頓然令我肅然起敬。

威叔放下懷中的貓兒，走到我的跟前，他托起那高高顴骨上架着的老花眼鏡，細心地打量着我。

第十四章　威叔話當年

望着眼前這少年，不禁令我回想到多年前的故人，還有這件改變我一生的事。

我托起眼鏡，捶捶酸痛的腰背，腦海浮起那些年的一幕又一幕。

應該是五、六年前的事吧！我還記得那一天，陰霾滿布的一天……那情景仍然歷歷在目。

當時 Billy 只有十三歲，那一年，我的太太因病離開了我，於是我父兼母職帶着 Billy 搬到一間位於市中心的舊式唐二樓，住處的地下是一些食肆、商舖、髮廊和寵物店。

傍晚時分，天色漸漸從紫藍變灰黑，我在廚房做飯，Billy 在客廳做家課，突然我嗅到一些燒焦了的味道，於是我打開窗，把頭探出去。

我發現樓下的寵物店冒出一道白煙，白煙正湧入屋子來。

「Billy 快逃，樓下發生火災啊！」我立即把窗戶關上，一手拉着 Billy 衝出門口。逃出走廊後，我敲響警鐘，一面拍打鄰居的門，一面大聲叫喊，住在唐樓裏的住客都紛紛從樓梯慌忙地逃出大廈。

我們來到地下，看到寵物店內的角落冒出白煙，未有看到火焰，而白煙從其中一個氣窗不斷往上升，透過玻璃櫥窗，看到裏面有大概有十數隻貓狗，吠叫聲音此起彼落。

我嘗試踢開寵物店的門，可是卻鎖上了，街坊説剛才已報警並通知了消防處，他們正派人趕來救火。

「店主究竟去了哪裏？看來裏面的煙越來越濃密，再不把動物救出來，牠們會活活焗死的！」我望着像蒸籠一樣的寵物店，心急如焚。

「爸爸，裏面的貓狗會死掉嗎？」還未更換校服的 Billy 皺着眉，擔心地問。

「不會的……消防員很快便會趕來到的！」我安慰着 Billy，可是我其實不知道牠們可以捱到多久。

單位的住客和圍觀的途人越來越多，大家站在寵物店前，聽到裏面的動物發出越來越微弱的哀鳴而難過。

「已經過了十五分鐘了，怎麼消防車還未到來？」一位太太望着透出的白煙越來越多，憂心忡忡地説。

「對啊！再不撲救，煙只會越來越濃密，到時就更難以收拾了！」另一位老人家拿着拐杖，抬起頭喃喃地説。

「哎呀，可能是交通阻塞啊！下班時間很多時馬路都是堵塞着的。」圍觀的途人你一言，我一語的，令原本混亂的環境更添煩擾。

「爸爸，這些貓狗都不能再等了，不如我們打破玻璃窗，救出牠們吧！」Billy拉着我的衣角，緊張地説。

「那太危險了，我們還不知道裏面的情況！」我還未説完，Billy已經在地上拾起磚塊，用力往寵物店的玻璃窗拋過去。

可惜他不夠氣力，磚塊被玻璃窗反彈出來，於是他把磚塊拾起來再次拋過去，磚塊同樣地被彈出來。

「讓我來吧，你退後些！」我從Billy手上搶去磚塊，把他推開，狠狠地把磚塊擲出。

「嘭！」玻璃櫥窗被打破了一個小洞，白煙洶湧而出，裏頭的狗吠聲再次活躍起來。

「大家快來幫忙吧！」Billy向圍觀的途人大叫，四處找尋更多的硬物，往破口擲過去。

街坊看到這情景，也趕緊幫忙拾起石頭、磚塊等，齊心打破櫥窗，而隔鄰那些食肆，也搬來一桶一桶冷水備用。

當櫥窗的缺口打開，街坊們把水倒入寵物店內，白煙漸漸消散，難聞的氣味也慢慢褪減。

原來寵物店內的風扇過熱發生短路，插頭不斷冒出白煙而釀成今次的火災。

「Billy，你留在外面，千萬不要跟進來！」當白煙稍稍散退，我便和幾位街坊拿着濕毛巾衝入寵物店去。

我們快速地把店內的十數隻貓狗救出來，一些街坊幫助把貓狗繫在電燈柱上，以防牠們走失。

當我們以為把所有動物拯救出來時，才發現雜物房傳出哀鳴，原來在裏頭還藏着不少受了傷的貓狗，牠們有些手腳嚴重損傷，有些毛髮都脱落得所如無幾，有些病得奄奄一息，更有些聲帶被割掉。

這些貓狗都被困在非常狹小的籠子，小得就連轉身也不能，我立即聯想到這間寵物店一定是在經營非法繁殖場。

未幾，消防隊終於到達，他們在寵物店內噴上一些化學液體，再詳細檢查所有地方。

消防隊長説寵物店嚴重違反消防條例，而且經營非法養殖場，他們一直未能聯絡店主，但相信店主已經知道被發現違法而會潛逃。

於是，我把四十多隻貓狗交給消防隊長，由他們轉交去動物醫院。

忙了一整晚，街坊們都累透了，我以為事件總算告一段落。

誰料當我第二天致電查詢那些貓狗的處境，才發現其中的二十五隻受傷的貓狗已經被人道毀滅。

「什麼！你在說什麼鬼話！」我勃然大怒，毫不客氣地追問對方。

「那些貓狗送來時大多吸入過量的濃煙，而且大部分長期受到虐待，並患了重病，沒法子救回，加上我們中心的人手和資源有限……」對方冷冷地說。

「什麼？我昨天冒着生命危險把牠們救出，送到你們那裏，你們竟把牠們處死？太可惡了！」我忍不住自己的怒火，破口大罵。

「先生，請你冷靜，我們已盡了力，其實還有十五隻健康的貓狗留在我們這裏，正等待別人收養。」對方若無其事地說。

「那假如沒有人收養的話，你們會怎麼辦？」

「倘若真的這麼不幸，這些動物在兩個月內沒有人領養，我們中心無法投放更多的資源，唯有把牠們人道毀滅。」

「你們是殺人……不，是專殺動物的機構！」我干脆用力掛斷電話。

在往後的一個月內，我思前想後，作了一個重大的決定。

得到Billy的支持，我收養了這十五隻貓狗。

由於地方的不足，我變賣了現居的唐二樓，搬到較偏遠的郊區地方，租下一個相對較大的村屋單位，跟Billy與貓狗們展開我們的新生活。

而可惜，我的計算有一些落差，差點令我後悔一生。

當我們住下來，我發現在郊區有太多太多的流浪貓狗，牠們都很可憐，有的瘦骨嶙峋，有的身上生滿壁蝨，有的患了皮膚病，有的斷了腿，牠們每天在垃圾站尋找食物，無處棲身任由風吹雨打。於是，我跟Billy一隻又一隻的把流浪貓狗收養回家，好好把他們照顧。

後來，我們一共收留了七十隻貓狗，地方變得越來越擠逼，就連村屋也容不下。

於是，我把所有積蓄都拿出來買下一塊再大一點的空地，打算建立流浪貓狗場，

而最後，亦為着要建立這個流浪貓狗場，還有照顧這些貓狗，我唯有放棄自己的工

作。

但事情還未完結，我記得有一天，好友阿發突然駕車來到貓狗場探望我，他看到我獨個兒在空這塊爛地上鋪水泥、搭帳篷，於是他拉起衣袖，動手一起幫忙。一連幾星期，阿發下班後都趕過來幫忙，他忙了一整天還要幫忙造圍欄！在外牆掃油漆、搭建屋蓋，有時更幫忙餵飼貓狗，替牠們清潔地方和洗澡等，實在很累。

我跟阿發認識了兩年多，他是一個重情重義的人，他跟我一樣是個職業的士司機，我與他特別投緣，可能是大家也喜歡小動物，也可能大家也有一個乖巧的兒子。

阿發在我收養十五隻貓狗時已經勸我別那麼衝動，可是我就是沒有聽他，我覺得他沒有親眼看到那些可憐的貓狗，根本不會明白我的想法。

但當他意識到我的決心，就再沒有阻撓，反而主動提出幫忙，而其他的親戚朋友，無不說我瘋了，竟然為一些流浪貓狗放棄穩定的收入。

後來，我發現收養貓狗的經費比我想像中多很多，糧食、水電、為狗兒貓兒絕育的費用，還有突如其來的醫療和手術費用等，很快便耗盡我的積蓄。

我放棄了一切為了保護一些有需要的動物，但，原來都是徒勞的，難道最後，我還是要親手把牠們送回那些遲早人道毀滅牠們的地方？

就在這時，幸得他向我伸出援手，成就了今天的流浪貓狗場。

「是阿發嗎？」面前叫一朗的小子一直耐心聽着我這老頭子憶述當年的往事，他突然的提問把我拉回現實之中。

「嗯，就是他，阿發把自己儲起的一筆錢交給我，幫助我渡過這次難關，並教我把貓狗場申請為非牟利機構，那就可以接受有心人的善款資助，亦可以替貓狗找尋合適的領養者，減輕經濟上的負擔，繼續把流浪貓狗場經營下去。」

我珍而重之的把照片掛回牆上，說：「幸得他，面前這些流浪貓狗才有家可歸！」

Billy插嘴說：「現在這流浪貓狗收養場得以繼續維持下去，多得一班愛護貓狗的有心人的資助，還有一些義工，而我們每半年也會舉辦一次開放日，希望能夠替這些貓狗物識合適的主人。」

小子垂下頭，思前想後。

回想起來，我跟阿發也有多年沒見面了，不知道這位老朋友過得怎樣。

「小子，看起來，你跟阿發有幾分相似呢！」我看着他，不禁笑了。

第十五章　成績一落千丈

這陣子，我的腦袋沒有半秒鐘能夠安靜下來。

虐貓事件還未捉到兇手，而我更不知應否向媽媽透露在流浪貓狗收養場發現爸爸的秘密，這一連串發生的事不斷地纏繞着我，使我不能夠好好集中精神學習。

平日中英數三科是我的強項，我總是不費吹灰之力就能應付所有測驗，但今天收到老師派來的數學測驗卷，上面紅色筆所寫的分數，不止引來老師的責備，就連我自己也覺得有點吃驚。

班中同學對我突然失準的表現竊竊私語，惹人討厭的大牛更加轉身向我嘲諷一番，就連樂兒也露出錯愕的神情。

素有班中高材生之稱的我，這一刻，只想變成駝鳥找個地洞把頭埋下去，裝作什麼也聽不到。

當下課鐘聲一響，我二話不説拿起書包一溜煙地奔走，一直頭也不回地向前跑。樂兒叫着我，拼命追上來，可是我假裝聽不到。

上次為了偵查虐貓案件一事，我與樂兒不歡而散，就連她的來電我也沒有接聽，或者，我怕她像老太婆般不斷對我嘮叨，説因為我整天記掛着去巡邏、去緝兇，所以影響測驗的成績。

我實在不想給她機會嘲笑我，更不想給她機會證明她是對的。

終於，我喘着氣跑回家。

當我拉開鐵閘，把鑰匙插入大門之際，我猶疑了半嚮，一種不安的感覺又襲向心頭，在我的腦內浮現出媽媽看到測驗卷時生氣的表情。

在成績方面，一向自律的我從不需要媽媽擔心，可是這次我實在想像不到她的反應，因為我從來未試過考得這麼差！

「咔。」我扭動了大門的鎖，發現屋內漆黑一片。

「原來媽媽還未回來！」我稍稍鬆了口氣，脱下鞋子後，便旋即跑進睡房，再把房門關上。

我猜想，若果媽媽得知我近來的成績變差，她一定會對我非常失望，她會埋怨我不好好溫習，也會責罵我不長進，甚至會查問最近我在做什麼，跟什麼人來往等等。

其實我也覺得內疚，當天沒有準備好就趕上測驗的戰場，準是我平日太自負，以為過往成績優異就可以僥倖過關。

可是，相對於成績，難道那些流浪小花貓的性命就不重要？我就是擔心一日未捉到兇手，會有更多小花貓遇害。

「真是左右為難啊……我究竟如何是好？」我捲縮在被窩之中，腦海閃過媽媽盛怒的模樣，同時間，又憶起那次親睹小花貓遇害的情景。

「放棄，還是繼續？」

在困惑之間，我拿出手機，漫無目的滑動着電話內的程式。我開啟了相簿功能，看到一張張小時候跟爸爸、媽媽拍的合照，裏面的我顯得很快樂，笑容比太陽更燦爛，而在我身旁的爸爸、媽媽同樣流露着幸福的神情。

其中一張，亦是我最喜歡的一張，是我騎在爸爸的肩膊上，雙手戰戰競競地抓着爸爸的頭髮，而爸爸媽媽則溫柔地互相甜笑對望。我記得這張相是在我念幼稚園時的一次親子遊樂日拍下的，那時候爸爸還未借錢給威叔，而爸爸媽媽的感情仍然是很好的。

回憶都是美好的，而照片只會是一個紀錄，永遠不會再重演。

「唉，如果一切可以重來，你說多好？」我想起，自從爸爸媽媽大吵一場後，媽媽待我也越來越嚴厲，更不時跟我說：「要不用功讀書，將來就要吃很多苦頭！」

我常常懷疑，媽媽的說話是否衝着爸爸的過失，而每次聽到這些話，其實我的內心很不好受。

「究竟媽媽知不知道爸爸借錢給威叔救援那些流浪貓狗呢？」我若有所思，「如果當年媽媽毫不知情，今日媽媽得悉真相，又會否可以原諒爸爸？」

「究竟有錢與否真的能夠用來衡量一個人的成敗嗎？」

一想至此，腦海又閃過當日媽媽怒斥爸爸的模樣，我無奈地關上手機，闔上眼默唸道：「還是算吧，我根本沒有勇氣跟媽媽重提舊事。」

這時，口袋中的手機突然響起來，來電顯示是晴晴。

「喂，是……是晴晴嗎？」我稍稍回個神來，向着電話裏的晴晴說道：「你找我有事嗎？」

「你沒事吧？」晴晴的語氣顯得有點擔心，「聽樂兒說，你今天放學後一言不發地跑出課室，是因為測驗考得不好嗎？」

我心想樂兒真多事，同時害怕被晴晴看扁，故意說道：「那有這回事，我可是班中的高材生，這些普通的測驗怎難到我？」

「真的嗎？不要騙我啊。」晴晴關心地道。

「我為什麼要騙你……」我一時脫口而出：「為什麼你跟樂兒都這麼煩人！」

電話另一邊廂的晴晴靜了片刻，柔聲說道：「一朗。」

我有點心怯，生怕剛才這樣說會令晴晴不快。

「你還當我是朋友嗎？」突然被晴晴這一問，我當場語塞。

「你快說，你有沒有把我當成朋友？」晴晴追問。

「我……唉……」我歎了口氣，心想「朋友」這兩個字在我來說，實在太沉重了，可是面前晴晴的追問，我不得不承認她在自己心中的地位，唯有頹然答道：「嗯。」

晴晴說道：「那就是了，朋友互相關心是正常不過的事，你是我的朋友，樂兒也把你當成好友，我們就擔心你、關心你。樂兒不擅辭令，所以才通知我你的近況，叫我去向你問好。一朗，你就不要這麼拒人於千里之外。」

我想起當日在「動物咖啡室」跟樂兒吵嘴，更當面說我不需要朋友，心想她一定很生我氣，誰不知原來樂兒一直這麼關心我這個朋友。

我感到內疚。

晴晴見我沉默下來，於是便打開另一個話匣子，她直截了當問：「一朗，近日是不是發生了什麼事？你不妨坦白告訴我吧！」

「才沒有。」我說。

「放心吧，我會替你保守秘密的！」晴晴放輕聲音，親切地說。

「唉……真沒你辦法。」晴晴溫柔的聲音完全把我融化，我輕唉一聲，洩氣地說。

晴晴三番四次的打探證明她的確很在乎我，我實在不忍心再隱瞞她，加上近日發生的事情鬱在心頭太久，我也想找個對象傾訴，於是我把在流浪貓狗收養場跟Billy哥哥和威叔的事情毫不隱瞞地向晴晴和盤托出。

傾談間，我更跟晴晴說到在威叔的流浪貓狗收養場發現爸爸跟威叔的合照，得知從前爸爸把積蓄借給威叔而令家中的經濟環境轉差，從此父母的關係變得非常惡劣。

「在還未發生借款事件前，爸爸媽媽很恩愛的，很少聽到他們吵架。」我無奈地說：「其實爸爸已經很努力修補關係，但媽媽始終對他很冷淡，不願意原諒他。」

晴晴細心聆聽。

「爸爸的工時很長，他往往在我入睡後才下班回來，而第二朝總比我早起外出工作，」我說，「每個月，我們一家人也沒幾天能夠聚在一起吃飯。」

「那麼，你打算把到過流浪貓狗收養場的事情告訴你媽媽嗎？」晴晴問。

「我也不知道，我怕跟媽媽舊事重提會再次掀動媽媽的情緒，」我頓一頓道：「搞不好，再次令媽媽跟爸爸吵起架來，比現在冷戰的狀態更惡劣。」

「這也是，」晴晴問：「你就是因為這樣而沒法子專心溫習？」

「嗯。當然，遲遲還未找到那個虐貓兇手也令我心煩。」我答。

「一朗，追查那個虐貓兇手不是你一個人的責任，盡了力就可以。」晴晴溫言相勸，道：「至於你父母的事，我相信總會找到一個合適的機會令他們解開心結的！你要相信明天會更好呢！」

晴晴溫柔的說話彷彿釋放了我心裏抑壓已久的情感。

「人生總會遇到不少的失敗、挫折和痛苦，但到頭來會化為養分，使我們茁壯成長！」晴晴鼓勵我說。

我舒了口氣，笑道：「晴晴，謝謝你啊！跟你傾談後感覺內心舒暢了。」

「那明天放學，我帶你剪頭髮，然後好運就會跟着你來呢！」晴晴笑道。

「真迷信！」我爽朗地答道：「放心吧，明天開始，我會收拾心情，專心溫習呢！」

「那很好啊！」晴晴繼續鼓勵我：「聽樂兒說下星期你們還有一次測驗，這次可要全力以赴，不要再失威啊高材生！」

「當然，我一定會收服失地的！」我堅定地道。

臨掛線前，晴晴忽然問：「但這次的測驗成績，你打算怎向你爸媽交代？」

「我想爸爸倒是不會怎樣怪責我，只是我猜媽媽一定會很氣惱的……我想一會兒跟她直接道歉，就算她要責罰我，我也會甘心承受！」

晴晴笑道：「對啊！男孩子就要有承擔做錯事的勇氣嘛！祝你好運啊！」

「謝謝你，再見。」

「再見。」把手機關上後，我的心情大感舒泰。

我頓覺有時候，與其一個鑽在死胡同裏，倒不如放開懷抱，與朋友分憂，或者會找到解決問題的方法。

就在這時，睡房外傳來一些異響……

是腳步聲，然後，是一束鑰匙放在飯桌上的聲音。

是媽媽，一定是媽媽回家。

我鼓起最大的勇氣，拿出測驗卷走到廚房去，坦白地向媽媽承認自己的過錯。

但看來，我可能把事情想得太壞了，雖然媽媽也有責備我，但最後亦原諒了我。

我答應了媽媽，以後會好好分配時間，不會再令她擔心，更承諾下星期的測驗，一定會拿取令她滿意的成績。

媽媽點點頭，淡然地笑了。

第十六章　險境

我藍一朗絕對是一個言而有信的人，答應過媽媽的事一定會做到。

兩星期後，我剛從葉老師手中收到的科學科的測驗卷，他宣布班中共有八位同學不及格，只有一位同學的分數超過九十分。

而在我手上的測驗卷上面寫着的分數正是九十一分。

事實上不是我自負，我知道以只要肯認真溫習，任何一科的測驗根本就難不倒我。不過，自從經歷上次數學測驗滑鐵盧一役，我深信成功非僥倖，我對往後的測驗都抱有不敢輕敵的心理。

「一朗，你還不趕快回家把這好消息告知你媽媽？」跟我一同前往自修室的晴晴故意壓低聲線問。

「媽媽今天要開夜班，我晚一點回家也不遲。」我回答晴晴的同時，一邊專注地瀏覽平板電腦上討論區的留言。

晴晴說：「不如我們相約樂兒一起去『動物咖啡室』，聽說店主倩盈剛收養了一隻很可愛的小花貓，樣子極似卡通片裏的加菲貓呢！」

我對晴晴的說話完全聽不入耳，只全神貫注地看着討論區內每一則留言，思索當中的關鍵。

「一朗，你有沒有聽到我說話？」晴晴見我沒有反應，唯有加重語氣，卻引來自修室內其他人的注視。

她吐吐舌頭示意道歉，並好奇地把頭靠過來，指着平板電腦上的相片，問：「你究竟在看什麼？相片昏昏暗暗的，是恐怖片嗎？」

「不，這是一個停車場。」我的眉頭緊緊地皺上，細心把眼前看到的事情串連起來。

「停車場有什麼好看？」晴晴不解，伸手在平板電腦上隨意撥了一下。

「等等……」我看到屏幕中其中一則討論貼文，連忙弄停移動中的版面，然後喊道：「一定是這裏！哈哈！真是踏破鐵鞋無覓處，得來全不費功夫！」

「㗎——」四周在溫習的學生再次向我們投來不滿的眼神。

「走吧！」我立即關上平板電腦，背起背囊便隨即離開自修室，並示意晴晴跟上來。

晴晴見我匆匆離去，也急不及待收拾文具跟上。離開自修室後，晴晴從後追着我，大聲喊道：「一朗，不要跑這麼快啊！等等我……」

我指着前面的巴士站，轉身面向晴晴說道：「我們快趕上那架巴士吧！」

「你究竟趕着去哪裏啊？」晴晴氣喘喘地問。

「去那個停車場啊！」我跟着長長的人龍排着隊等待上車。

晴晴趕上來，她滿臉疑惑地問：「去停車場做什麼？」

我暫釘截鐵地說：「我相信那個虐貓兇手很可能就在那個停車場出沒，我要去哪裏查過究竟！」

「你為什麼這麼肯定？」

「早前我搜集過一些資料，發現流浪貓通常出沒於舊區、垃圾站附近，牠們會躲身於一些幽靜的橫街窄巷，」我看得見晴晴不敢置信的表情，我語氣更加堅定地說：「而正巧那個停車場就是坐落於這種環境，同時又距離我們發現被虐小花貓那公園不遠，再加上網友拍的那些照片中，看到一些遺留在現場的膠帶和一些貓兒喜歡食的雜糧包裝袋，相信是用來引捕貓兒的！」

「但是……」晴晴猶豫片刻。

輪到我上車了，我從背包拿出八達通咭放在收費器上。「嗶！」顯示屏顯示已扣減車費，我回頭望着還未上車的晴晴，道：「那怕是只有些微的機率找到線索，我也要去看看，我實在不忍再見到有小動物受到傷害！」

巴士司機不耐煩地對着車門前的晴晴道：「巴士要開了，你要上車還是不上車？」

「上！」晴晴一怔，縱身踏上巴士，說：「對，默默坐着沒可能找到虐貓兇手的，我跟你一起去吧！」

我略一猶疑，才想到：「但可能會有危險的。」

晴晴拿出她的碎花圖案錢袋，拍過八達通咭後，一面走進車廂，一面笑道：「一個人去更危險啊！」

突然，我倆身後傳來一把熟悉的聲音：「什麼危險？聽起來發生了很刺激的事啊！」「是你?!」我沒想到在這裏遇上他。

「他是誰？」晴晴望着面前胖胖的男生，問。

是大牛，他閃至我的身前，向晴晴伸出剛才還在抹鼻涕的「友誼之手」，自我介紹道：「我叫大牛，是一朗班中最富正義感的同學。」

晴晴趁着巴士拐彎時把手順勢扼在扶手上，笑道：「你好，我叫晴晴。」

我瞟了大牛一眼，心忖：「你這個可惡的大牛竟然偷聽我們的説話。」

當我正想找個藉口敷衍大牛時，晴晴卻大方地道：「一朗，大牛加入也好，多一個人照應安全一點啊！」

我當然想立即把大牛在班中的惡行告知晴晴，但這樣做反而會把我的形象破壞。

我唯有聳聳肩膀，悵然地對大牛說：「你千萬不要負累我們啊！」

大牛拍拍心口，自負地說：「放心吧！有我幫忙，算你們走運了！」

二十分鐘的車程，我把事件的始末向大牛一一道來，同時也燃起他的正義感，不，應該是好勝心，決心捉拿虐貓人。

而晴晴一直撥弄着她的手機，不知道她在與誰通訊。

「我們就在前面下車吧！」大牛按下扶手柱上的電鐘，指着不遠處的方向說，「就是那個舊式停車場！」

有大牛的加入，反而成為了我們的盲公竹，由於這裏距離他的家不遠，他對這一帶非常熟悉。穿過幾條橫街窄巷，拐過幾個彎，大牛、晴晴和我很快來到停車場的入口。

我放大平板電腦上的相片一看，再比較眼前的停車場環境，說道：「沒錯，就是這裏了！」晴晴不停地四處張望，看得出她有點緊張。

走在前面的大牛邊走邊說：「這裏是我的地頭，我曾經幾次跟一班村童在這裏玩捉迷藏，這裏共有四層高，我們從地下開始搜查吧！」

停車場內有很多柱子，停泊的車輛卻不算太多，有一半的車位騰空了。我和晴晴跟着大牛花了大約十五分鐘走了一圈，可是並沒有什麼可疑的發現，於是便從左邊的樓梯走上二樓去。

而當我們推開防煙門，映入眼簾的景象，是一個很大的對比。

第二層停車場的燈光幽暗，樓底比較底，停泊的車輛也不多。環顧四周，我看到剝落的油漆，生繡的喉管，而地下上的標示也脫了色。這樓層部分的光管已經壞掉，兩邊的角落一明一暗地閃爍着，氣氛上更形恐怖。

此刻，我們就像置身於一些恐怖電影的場景內，感覺很不舒服。

我吸一口氣，轉身向晴晴說道：「你要緊跟着我，不要走失啊！」

「嗯。」晴晴不其然捉緊着我的手臂，她的雙手傳來微微顫抖感覺。

坦白說，一想到有機會遇上那個可怕的虐貓兇手，我也不其然緊張……不，應該說有點害怕起來。

這時，大牛不耐煩地說道：「與其一層一層慢慢搜索，倒不如加快速度，大家分頭看看吧！」

一時間，我也拿不定主意應該分頭搜索，還是三人一起行動。

晴晴立即搖頭，把我捉得更緊，說：「不好吧！」

「你們兩個這麼膽小，就一起留在這層搜索吧！我自己走上三樓去看看有什麼發現。」大牛背向着我們搖搖頭，然後二話不說的獨自向着又靜又黑的樓梯走去。

「晴晴，我們到那邊去吧！」於是，我便帶着晴晴在這層展開調查。

我們一直往前走，在每輛停泊的汽車車底彎下身來查看有沒有流浪貓的蹤影，走着走着，晴晴也漸漸壯起膽子，放開手跟我一起搜查。

「一朗，你快過來看！」晴晴在一條柱子旁邊向我招手。

我快步走向晴晴，望向她指着位置，在柱子後面的地上除了有一些膠帶、繩索和貓兒喜歡的食物外，更有一個仿似露出鋸齒利牙的東西。

「一朗，這是什麼來的？」晴晴問。

「是捕獸器！我在網上見過這種工具！」我吃了一驚，續道：「若有小花貓不小心被捕獵，這利牙一定會把牠的手腳弄斷的！」

此時，我身後的晴晴，手袋裏的手機傳來來電聲響，但我無暇理會，只顧拿起手機拍下現場的證據，同時查看會不會找到其他有用的證據。

突然，一聲喊叫聲從上層傳來，把我和晴晴嚇了一跳！

「是大牛！」我立即動身走向大牛處身的三樓走去。

「大牛！你在哪？」我一邊跑，一邊大叫，晴晴則緊隨着我。

「這邊啊……」我追蹤着大牛的叫喊聲，來到燈光閃爍不定的停車場位置。

我們不敢怠慢，壯着膽子加快腳步向前跑。

「這邊啊……」大牛力竭聲嘶地説。

「大牛……大牛你沒事嗎？」我們穿過一輛白色輕型貨車，終於在一處暗角看到了倒在地上的大牛。

「哎，一朗……很痛啊。」大牛的一臉痛苦用手揉着自己的屁股，眼角滲出淚水的他不斷發出慘叫聲。

「大牛，發生了什麼事？」驚魂未定的晴晴傻了眼問大牛。

我立即走上前想扶起他，誰料大牛揮手叫道：「不要動……不要動……我的屁股被捕獸器夾到，站不起來了。」

「那怎麼辦啊？」身後的晴晴心亂如麻，一時間措手不及。

我問大牛：「你是怎麼弄傷的？」

流着兩行眼淚的大牛指着離他身後不遠那幽蔽的地方，晴晴和我立即望過去，霎時嚇了一驚！是一隻受了傷奄奄一息的小花貓，牠四肢被膠帶綁着，身上有被燒過的痕跡，就跟前兩次虐貓案發現的小花貓十分相似。

「當我聽見小花貓的慘叫聲便立即跑過來，然後看到一個戴着眼鏡的青年人正在虐待小花貓，」大牛撫着屁股痛處，痛苦地道：「他被我發現後情急下猛推了我一下，哎……怎料地上有個可惡的捕獸器！」

「那……他去了哪裏？」我打量着四周幽暗的環境，慌亂中留意附近動靜。

大牛無奈地指着一邊道：「他向着那邊一溜煙跑了……他帶着黑框眼鏡，穿着黑色風褸的！」

就在此時，我乍聽到防煙門有一下推動的聲響，心念急轉下，不知那裏來的勇氣，獨個兒跑上前看過究竟。

「一朗，你要小心啊！」晴晴叮嚀着。

「晴晴，你不要亂走，留在這裏照顧受傷的大牛！」

我推開防煙門，從梯間往下望，我驟眼看見一道身影慌慌張張地跑向地下。

「喂！不要走！」我大喝一聲，趕緊追下去，而那個青年見我追來更顯得慌亂。

我一直追，他一直跑，可是我們之間的距離並沒有因為我的力追而縮窄。

我感到焦急：「不好了，再這樣下去一定被他逃脱的！」

說時遲那時快，那個青年轉眼間已跑到地下樓層，並一手拉開梯間的防煙門。

我來不及細想，唯有跨步連跳幾級，希望能夠加速追到那虐貓人。

誰知，我太大意了，我竟沒有為意梯級上的空汽水瓶，一個不小心踏個正着。我失去平衡滑了四級，狠狠地跪倒在地上。

「咔！」我彷彿聽到膝蓋的十字韌帶撕裂的聲音，我感覺到右腳傳來劇烈的痛楚。

「哎唷——」瞬間我的右腳變軟乏力，我整個人癱軟地卧倒地上。

「很痛啊！」我忍不住叫了一聲。

然而，我還是咬緊牙齦扶着樓梯扶手撐起來，強忍着痛依靠左腳一步一步追上去。

當我感到心灰的時候，防煙門外突然傳出一連串的狗吠聲，於是我花盡力撐着身子推開防煙門，勉強地走出梯間。

「一朗！」在逆光之中，我看到一個熟悉的身形，那魁梧的身影，還有頭上的鴨嘴帽。

難道在停車場入口位置的是 Billy 哥哥？

「汪汪！汪汪！汪汪！」

「還有臭屁！」我的內心突然充滿希望。

剛才那虐貓青年正跑向停車場的出口，我見機不可失，便高聲喊道：「捉着他，他就是那個虐貓兇手啊！」

於是Billy哥哥解開繫着臭屁的頸繩，指着青年發號司令：「Hold him !」

臭屁立即衝上前，向着青年大聲吠叫。

「嘩呀！」青年嚇得慌忙倒地，不小心掉下手中的手機。

臭屁爬在青年身上，把他壓得動彈不得，青年的臉青已經變青：「放……放開我……救命呀！」

「果然是退休警犬！臭屁你真厲害！」我忍着痛一拐一拐地過去。

「你還可以嗎？」Billy哥哥關切地問，「你的面色很青白呢！」

「我沒事！」我咬着牙齦繼續向前走。

「放過我吧，我只是一時貪玩……」被按在地上的年青人哀求道。

Billy 哥哥拾起青年掉下來的手機，看到裏面一張又一張虐待小花貓的照片，原來他已經多次犯案，而且還把虐待不同小花貓的過程剪輯成一段極為殘忍的短片。

「證據確鑿了吧！」Billy 哥哥把手機遞向青年，憤怒地說。

我走到 Billy 哥哥面前，好奇地問：「Billy 哥哥，你和臭屁怎麼會突然在這裏出現？」

「是你的同學樂兒通知我們的！」Billy 哥哥說，「大約在半小時前，老爸在貓狗場收到樂兒的電話，於是他立即致電給我，而正巧我和臭屁在附近的公園，所以我們便立即趕過來。」

「真的是時間剛剛好！」我才鬆了口氣，便想起受傷的大牛和晴晴還在樓上，連忙道：「大牛也受了傷，晴晴跟他正待在三樓那裏。」

這時，兩位警察從停車場外跑過來，「是你們報案的嗎？」

Billy 哥哥點點頭，然後向警察交待事件，於是他們便把虐貓人拘捕，並召喚了救護車把我們送到醫院去。

第十七章　重遇

手術過後，我徐徐醒來，模糊的感覺散布在全身每一條血管，刺眼的陽光從百葉簾穿透進來。

是做夢嗎？我的頭很痛。

我把視線緩緩向下移，我看到伏在我腰間旁邊的一襲曲髮，蓬鬆的黑髮裏夾雜着一絲又一絲的灰色和白色。

「一朗，你醒來了？」映入眼簾的，是媽媽那張憔悴的面孔，她的臉上出現了一道壓痕，一定是剛才枕在手上那隻錶造成的。

她撥弄一下自己凌亂的頭髮，然後為我調較好枕頭的高度。

「醫生說你的膝蓋的十字韌帶撕裂，剛才已替你施了小手術，要過兩、三星期才會好起來。」媽媽說。

「媽……我……」我摸着自己的膝蓋，一時間，我不知跟她說些什麼。

這時，一位護士走過來，她提起手在我的牀邊調校葡萄糖液。然後她從載滿藥物的手推車上拿出針筒，要替我抽血。

她用酒精紙擦乾淨我的左手前臂，輕輕用指尖彈打我的肌肉，找出血管的位置後，然後把一支又長又粗的針筒插入我的手臂上，當她把針管抽出來的剎那，我痛得眼角滲出淚來，但是在媽媽跟前，我沒有哼出半聲。

「哎呀！」叫出來的，是媽媽。

她心痛，我感受到。

「沒事的。」護士瞥了我一眼，然後用棉花按着針口，等了十數秒後替我貼上膠布，然後在牀尾拿出病歷表作紀錄。

「媽，對不起。我太任性了，累你擔心。」我仍然很疲累，聲音變得很輕。

這時候，媽媽輕撫着我包裹着的腳，眼淚一滴一滴往下掉，掉在我的心坎裏。

她用掌心擦去淚水，「剛才警察致電給我，說你被送到來醫院，差點把我嚇死了！」

「媽，不要擔心，我沒事的。」我安慰着她說。

「一朗，你以後別再做那些傻事了，跟蹤疑兇不是你的責任。」媽媽憂心忡忡地說。

「媽，我知道了。」我說：「爸爸知道我在這裏嗎？」

「嗯，他正趕過來。」媽媽說。

「咦，晴晴呢？還有大牛，他們不是跟我在一起的嗎？」我四處張望，卻看不到二人的蹤影。

「他們沒事，晴晴在外面，而醫生替大牛檢查後，替他塗了藥，他的家人已把他送回家休息。」媽媽說。

「那就好了。」聽到晴晴和大牛沒事，我才舒了一口氣，這件事情都是因我的執着而起，要是連累到任何人，我的心一定不好過。

「剛才你動手術的時候，晴晴和樂兒已把整件事情告訴我，還有流浪貓狗收養場的職員Billy，他們在外面跟警察落口供。」媽媽輕輕歎氣，「原來最近發生了這麼多事，我都不知道。」

就在此時，Billy哥哥、晴晴和樂兒一起進入病房來。

「一朗，你醒來了！腳還痛嗎？」晴晴替我打氣。

「不痛，可能是麻醉藥的效力未退，我沒有什麼痛楚的感覺。」我說。

「放心吧，你一定會很快康復的！」晴晴說。

「咦，臭屁呢？」我問Billy哥哥。

「我已托人把他帶回貓狗場啊！」Billy哥哥說：「呵呵，今晚我會好好獎勵牠，給牠煮最美味的食物！」

「哈哈，一說起食物，我的肚子便叫了出來！」我摸着扁扁的肚子說：「我好像還未吃午餐呢！」

「你剛動了手術，要戒口啊！」媽媽插嘴說：「這半個月所有煎的、炒的、炸的也不可以吃！」

「哎呀！這次慘了！」

此時，我看到樂兒一直站在一旁，窗外明媚的陽光照着她低垂的臉，她默不作聲地望着我包紮成糭子般的傷口。

「樂兒。」我輕輕喚她。

「吓？」她愣愣的抬起頭，托起快要掉下來的眼鏡。

「你幹嗎又在發呆？」我笑了。

「才沒有……」她喃喃自語。

「一朗，今次全靠樂兒，我們才能順利捉到虐貓人！」晴晴挽着樂兒的手臂，說。

我側着頭，露出一副不解的樣子。

「其實剛才我在巴士上已經把我們去停車場這件事告訴樂兒，她擔心我們有危險，於是早已聯絡貓狗場的威叔，請 Billy 哥哥和臭屁過來協助我們。」晴晴說：

「後來我見大牛受了傷，你又走開了，當時我六神無主，不知如何是好，幸好樂兒致電過來，替我們報警，警察才會及時趕到。」

「哦，原來你就是他們的軍師！全靠你心細如塵才能成功捉拿犯人！」Billy哥哥望着樂兒，令害羞的她好不尷尬，立即低下頭迴避他的眼神。

我一怔，當初還錯怪樂兒怕事和自私，回想起來，我還欠她一句道歉的話。

「樂兒，對不起。」我說。

「為什麼向我道歉？」樂兒偏着頭思考着。

「我上次在咖啡室對你出言不遜……還說你自私、怕事……」我騷騷頭，尷尬地道。

「傻瓜，我根本沒有記在心上！」樂兒向我笑道：「起初我見你刻意避開我，我還以為你在生我的氣呢！」

「我哪有故意避開你？」我高聲問。

「那是我太敏感，誤會了你。」樂兒低着頭，咬着嘴唇道。

「沒事就好了！我們都是好朋友，不是嗎？」晴晴笑了。

「嗯。」我也笑了。

「一朗，這次多得樂兒機警，你得要請她好好吃一頓豐富的大餐啊！」Billy 哥哥提醒着我。

「哈哈，她的成績這麼差，以後我替她免費補習好了！」我一時口快衝口而出，忘記理會樂兒的感受。

大家的目光注視着樂兒，她的臉，又再次脹紅起來。

這時，走進病房來的，竟然是威叔。

「威叔？怎麼你也來了！」我驚喜地說。

「呵呵，我當然要親自來探望這位勇敢的小英雄啦！」威叔笑說。

「媽媽，他是威叔，是 Billy 哥哥的爸爸，也是流浪貓狗收養場的場主，捉拿虐貓人的狼犬也是由他訓練出來的。」我望望媽媽道。

「你好！威叔。」媽媽點點頭，笑道，「謝謝你們救了一朗。」

「不客氣！全靠他的正義感，警方才能把兇手緝拿歸案呢！」威叔交疊起雙手，望着我受傷的腳說：「不過，以後不要再冒險了，免得令你的父母擔心！」

「嗯！」我尷尬地點頭，吃吃笑望着媽媽。

同樣知道內情的晴晴也向我打了個眼色，原來媽媽不認識威叔，那麼，爸爸借款給流浪貓狗收養場的事，她大概也一無所知。

「相信今次犯人落網，對虐待小動物這類案件起了警戒性的作用。」Billy 哥哥舉起大姆指，說，「我代表那些被虐待的小動物感謝你的英勇表現！」

「一朗！一朗！」走廊外有人大聲呼叫着我的名字。

「是爸爸！」我也叫了出來。

媽媽立即站起來，走到走廊把爸爸截住，沒好氣地說：「別這麼吵，這裏是醫院啊！」

「一朗沒事嗎？」爸爸緊張地問。

「還好，他在裏面。」媽媽指着我，說。

「咦！」爸爸還未走到我牀前，就被熟悉的身影截住了。

爸爸看到威叔，他們都表現出驚訝的表情。

「阿威！」

「阿發！」

二人戲劇性地擁抱起來，除了晴晴和我外，其他人都一臉愕然。

「很多年未見了，原來一朗是你的兒子嗎？」威叔激動地拍着爸爸的肩膀，「我應該一早聯想到，難怪他的樣子跟你像餅印一樣啊！」

「哈哈！想不到我們竟然會在這裏重遇！」爸爸感慨地說。

「對啊！算起來我們都有五、六年沒碰面了！」威叔笑着搖頭，指着 Billy 哥哥，「這是 Billy，你還認得他嗎？」

「哈哈，都這麼高大了！我差點認不出來！」爸爸認真地打量着 Billy 哥哥。

「發叔叔，你好啊！」Billy 連忙向爸爸問好。

「原來你們認識的嗎？」媽媽奇怪地望着爸爸。

「是老朋友啊！」爸爸和威叔異口同聲地説。

第十八章　開放日

不經不覺又過了兩個月，今天是流浪貓狗收養場半年一度的開放日，活動的目的是希望替這些流浪貓狗覓得合適的主人，得到一個溫暖的家，同時舉辦的攤位遊戲和義賣活動，亦可為收養場籌募經費。

網上廣泛的宣傳加上一班義工和朋友的落力介紹，收養場成功吸引了很多愛貓愛狗的人來參觀，！場面非常熱鬧。

晴晴、樂兒和我當然也一起過來幫忙，我們負責向有心領養寵物的人士介紹貓狗的獨特個性與特徵，並為他們配對合適的寵物。

而當領養人士的資料經核實後，這些流浪貓狗就可以投入新主人的懷抱，得到真正的家了。

「樂兒，一會兒換你向下一位收養者介紹寵物了！」我用肩膀輕輕推了樂兒一下。

「不好吧！我剛才看你和晴晴介紹得很好，半天已成功為八位領養者進行配對，我還是在旁協助你們好了！」樂兒往後退了半步，她低下頭靦腆地托着眼鏡。

「這是鍛煉你膽子的好機會啊！」晴晴牽着樂兒的手，鼓勵她說。

「我……我怕介紹得不好，反而會令這些貓狗失去被領養的機會。」樂兒抗拒地搖頭揮手。

「不要怕！你在這裏幫忙照顧貓狗已經好幾星期，對每一隻小動物的個性比我倆更清楚，由你來介紹實在最合適不過。」晴晴拉着樂兒的手，給她鼓勵。

「可是……」樂兒仍然對自己沒有信心。

「就這樣吧，你不要推搪了！」我斬釘截鐵地說：「我和晴晴整天不停地說話，喉頭也乾了，你也替我們着想，留一點休息時間給我倆喘喘氣好嗎？」

「對啊，我也要去一下洗手間呢！」晴晴吐吐舌頭，說。

樂兒鼓起腮，好不願意地答應了。

眼見我們的計劃成功了，於是晴晴背着樂兒跟我打了個眼色，把樂兒一人留在場內。

雖然樂兒的害羞性格在這段時間已改善了不少，但當她面對陌生人時仍然會臉紅耳熱，不自覺地垂下頭來，晴晴覺得她仍然需要更多與陌生人對話的訓練。

晴晴跟我走出外面，她遞給我一杯水，「是呢，你爸爸媽媽還好嗎？」

我當然明白她的問題，我一口把整杯水灌入喉頭，感到很清涼舒暢：「嗯，爸爸已把當年借錢給威叔的事情坦白地告訴了媽媽。」

「那，你媽媽有沒有繼續惱他？」晴晴着緊地問。

我伸伸懶腰，左右擺動身體，舒緩一下筋骨：「還有一點點吧，媽媽責怪爸爸當年沒有把事情解釋清楚，只是隨便說借了錢給朋友應急。假如媽媽知道這些錢是用來拯救生命，當年她一定不會這般生氣。」

晴晴點點頭，耐心地聆聽我的說話。

「不過，我想我一直把事情看得太嚴重，」我彷彿放下心頭大石，說：「原來媽媽沒有我想像中那麼惱爸爸，只是這幾年他們都為了生活糊口而各有各忙，早出晚歸，對於工作及家庭分身不暇，所以少了聊天溝通，才令我錯覺他們的感情變淡，誤以為大家不再愛惜對方。」

「啊！原來是個大誤會！」晴晴也舒了一氣，說：「現在雨過天晴，一切就好了！」

我一時感觸，鼻子一酸，眼睛不爭氣地紅起來：「原來大家一直都很重視這個家庭，他們答應我會重新分配時間，多抽空共聚天倫。」

晴晴從口袋拿出碎花圖案的手帕，向我遞來。

我沒有接過晴晴的手帕，只用自己衣袖擦去正準備奪眶而出的淚水，苦笑道：「男子漢才不會用女孩子的手帕擦眼淚呢！」

晴晴聳聳肩，裝作若無其事。

「難為我白白擔心了這麼久！」我交疊起雙手，裝作不甘心。

「雖然擺了個大烏龍，但若果不是你的正義感引領下，一定會有更加多的無辜小動物被虐待！」晴晴鼓勵着我說：「我有預感，你快會行好運的！」

「晴晴，謝謝你。」晴晴的說話，總是那麼動聽，我由衷地道：「是你從新令我體會朋友的重要，更令我洗去孤獨鬼的代號。」

「傻瓜，朋友是互相幫助的吧！」晴晴嫣然一笑，在我眼中，她總是那麼細心，那麼溫柔。

這時，我才發現原來一直以來，我也沒有關心過晴晴，對她了解不太多。

「是呢，你有什麼夢想嗎？」我問晴晴。

「我嗎？」晴晴笑了，她眨動着晶瑩的雙眼，從那彎翹的睫毛中看出幸福和盼望：「我希望將來做一位獸醫，幫助有需要的小動物。」

「是嗎？我還以為你想當一位義工呢！」我擦擦鼻子，說。

「我的確也曾想過當義工呢！」晴晴會心微笑，「不過我更喜歡每天與小動物為伍！」

「我相信你一定會是一位稱職的獸醫！」我深深吸一口氣，鼓起最大勇氣對她說：「無論遇到什麼難關，我都會一直在你身邊支持你的！」

可是，晴晴卻彷彿沒有聽到我的說話，她茫然地指着前方，問：「咦！那個胖胖的不是大牛嗎？」

「啊！他來這裏幹什麼？」我撇撇嘴，真的是搗蛋鬼大牛，他昂首闊步地走進貓狗場來。

「喂！」大牛看到晴晴和我，於是好奇地問：「你們為何也會在這裏？」

「我們是這裏的義工啊！」晴晴和我異口同聲地說。

「那正好！」大牛笑了，拍拍胸口說：「我想領養寵物啊！請問需要什麼資格呢？」

「啊！可是你這麼粗心大意，這些動物都不會想被你領養啊！」我記起大牛當天憶述飼養寵物的經歷，心想一定要阻止他再次「意外地」傷害弱小的生命。

「放心吧，這一次我一定會好好對待牠們的！」大牛拍着胸口，堅定地說。

「大牛，我看你還是先得到呂老師的批准，才收養寵物吧！」我偷笑說。

晴晴插嘴說：「如果貓與狗都不是適合你的寵物，你還是試試到那邊找找，應該會捉到一些蟑螂、爬蟲等生命力更頑強的『寵物』呢！」

大牛被我們氣得暴跳如雷，而晴晴跟我就笑得連嘴巴也合不攏。

終於，流浪貓狗收養場的開放日在一片快樂歡愉的氣氛下完成，透過這個意義重大的活動，令許多貓狗找到寵愛牠們的主人，得到真正屬於自己的家。

黃昏時分，義工們逐漸離開收養場，晴晴、樂兒和我，跟威叔和 Billy 哥哥道別後便沿着小徑準備回家。

天空早已披上晚霞的彩衣，草坪上也籠罩起金色的寂靜，偶爾傳來一陣又一陣的蟲鳴，我們三人在夕陽中並肩而行。

記憶就像是一副不斷伸延的拼圖，而友情，就是豐富着這副拼圖的瑰寶，一段又一段難忘的時光，把生命的美好，珍貴的片段統統烙印在大家的心底。

真正的朋友，會在你成功的時候替你高興；在你悲傷的時候，會站在你的身邊為你送上溫暖，也會在你犯了錯誤的時候，給你正確的批評。

此刻，我真切地感受到友誼的溫暖，享受着朋友互相扶持，結伴成長的樂趣。

晚風徐徐送來一陣陣青草香氣，我望着左右兩旁的晴晴和樂兒，心裏細細想：

「擁有朋友！真好！」